遇 见
做一个
明媚的女子

Meet
make a bright and
beautiful
woman

吴淡如

／

著

国际文化出版公司

·北京·

遇 见
做一个
明媚的女子

Meet
make a bright and
beautiful
woman

平常不能欣赏路边野花的人，到了花海之中也不会迷恋花香。平日若对美食味觉迟钝，
即使面对满汉大餐，也是牛嚼牡丹。

遇　见
做一个
明媚的女子
Meet
make a bright and
beautiful
woman

CHAPTER III
做一个
有态度的女子

遇 见
做一个
明媚的女子

Meet
make a bright and
beautiful
woman

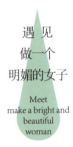

我常常忘了从工作中把自己像拔萝卜一样从椅子上拔起来，几个小时像一阵风一样消失之后，饿得受不了的我努力在冰箱中搜索食物，在饥肠辘辘中，我体会的是另一种饱满的幸福。

那么美丽的笑容使我的心如莲花，
在温暖的阳光下，和千百朵莲花一
起嫣然盛开。

遇 见
做一个
明媚的女子

Meet
make a bright and
beautiful
woman

当你微笑时，整个世界都会对你微笑。当你大笑时，太阳也跟着通体明亮；当你哭泣时，天空会跟着你掉泪，所以停止叹息吧，捡回你的笑容；因为当你微笑时，整个世界都会对你微笑。

活得好不好，是自信心的问题。找不到生活乐趣，或许是脑袋空空的问题，并不尽是口袋空空的问题。

遇　见
做一个
明媚的女子

Meet
make a bright and
beautiful
woman

只有一个温暖的开朗的人，才能那么毫不保留地说出自己的感谢；
只有一个想要成长的人，才会一再地找书来解放自己的心灵；只有
一个感性的人，才有随着书中情绪起舞的能力。

遇 见
做一个
明媚的女子

Meet
make a bright and
beautiful
woman

真正的有品位是：看似一无所有，但感觉拥有一切，就算有天失去所有财富，仍会务实地对待生活。
真正的奢侈，不是金钱多寡或排场大小，而在于你有没有能力摆脱庸俗！

我的幸福存款是什么呢？是一种欲望，想要变好的欲望，想尝遍这美丽世界新鲜事的欲望。

一个旅行者会拥有不一样的人生态度：享受孤独也享受朋友。不害怕未知。善用时间。弹性地转换人生态度。理性地解决天上掉下来的问题……这就是旅行的现实意义。

似简单细节中，有最丰富的人性秘密。从别人的事里，我们会看见自己的影子，或许，换一瞬间恍然大悟或会心微笑。

遇 见
做一个
明媚的女子

Meet
make a bright and
beautiful
woman

遇 见
做一个
明媚的女子

Meet
make a bright and
beautiful
woman

所谓的浪漫，其实是：以一种轻松自如的态度，发展或接受自我
的所有可能。
当一个城市的女人能够如此拥有自己的身体与灵魂，怎能不拥有
美丽的外表与精神？

我知道，我的心中也永远有一首浪人情歌。

每一个音符，都得由我写就、由我歌咏，

任何人指使不得、代劳不得。

就算世上知音稀，我也会独自唱着、唱着。

那是我的浪人情歌。

做一个内心温柔的女子

遇见·做一个明媚的女子

亲爱的，不，此时别对我抱怨，别对我传教，相处时，我并不难缠，有摩擦时，我多半忍让，但是，请让我留下这么一点骄傲。

温柔的必要性

"每一次我们吵架，他总会说：你干吗那么凶啊？不能温柔点吗？叫小孩吃饭，他也会说：你干吗那么大声啊，你是他妈，又不是训导主任！"淑芳说。

"最让人生气的是，有一次，我们参加他的公司旅游，他的主管刚离了婚，带了女朋友参加。一路上，他用极羡慕的眼光窥视这一对，还不时对我说：你看，她都会喂他吃水果；你看，她讲话的声音好好听；你看，她笑起来好甜，还会自言自语地说：唉，我终于懂了他为什么坚持要离婚了……"

说着说着，淑芳的先生批评起主管的前妻来："她就是个男人婆啦，不止体格像，声音也粗，就像是菜市场里卖菜的欧巴桑。"

为此，淑芳认为他指桑骂槐，和他大吵一架。

她很生气，但他说的也不是虚构。他的主管一路上笑得好幸福，整个人看来像年轻了十岁似的。

淑芳一路嘟着嘴，却也暗自检讨。没错，自己婚前婚后变得真多，婚前说话被他嘲笑像蚊子叫，动不动就脸红，现在呢？也差一点就变成菜市场里吆喝的欧巴桑了。

而他何尝没有转变呢？以前不管多晚总会来接她，现在打电话问她几时回来，只因不想自己一个人带小孩。以前口口声声说"你高兴我就开心了"，现在总会说些话让她不开心，甚至把她气坏了还一点也无所谓的样子。

"不过话说回来，外面的一定比较温柔啦。"淑芳说，"外面的，不用管柴米油盐酱醋茶，不会跟他吵水电费谁去交，不会担心小孩的成绩，不必与公婆打交道。"

如果只有爱情，没有落入现实生活，不论男女，都会比较温柔。

感情还在猜来猜去的阶段，更会拿出温柔的一面，只因还没有测出对方的底线。

两人越来越熟识后，对对方毫无保留，也就会显露出毫无遮拦的那一面来，觉得"我就是这样，反正你要接受全部的我"，也觉得"你就是那样，逃不出我的手掌心"。

说好听点，是不再刻意，不再做作，然而，也不再细心观察与温柔款款了。

给自己温柔的鼓声

"如果你和一大群人一起行进，而你的步伐与节奏完全不同，那必然是因为，你听到完全不一样的鼓声。"

这一句话，从年少时开始陪伴我，再三玩味，还是很有意思。

我很想当个不一样的人，很想突破现在的样子，问题是，我没有听见不一样的鼓声啊！有人这么问我。

我想，鼓声只是个唯美的形容，大概会让人想起天使在耳边奏乐，使你想象有人在耳边指点迷津吧！

其实，鼓声来自你的心里，打鼓的棒子也牢牢握在你手心，节奏须由你完全决定。也许刚开始荒腔走板，但坚持久了，总会有些心得，敲击出一些动人的声音。

如果你喜欢看名人或伟人传记，一定可以归纳出一个重点——一个人之所以能够特立独行，就是因为他们听到了不同的鼓声，有一种对自己说话的能力。

试着对自己喊话

例子不胜枚举，历史上每个当开国君主的人，都曾经像项羽一样对自己说：大丈夫当如是也。才能驱策自己走上那条"成者为王，败者完蛋"，一般人看来绝对不可能的道路。

大家更熟悉的例子是，从前小学课本里的伟人从小看鱼往上游游，就会对自己说：鱼尚且要往上游，何况是人呢？

不管这个例子是真是假，成功的人总会自己发出声音来勉励自己。

成功的运动选手总是很会对自己喊话。我访问过一位台球冠军，他的方法是叫唤自己的名字："你一定打得进这一球！"

世界级的溜冰选手关颖珊则会在紧要关头对自己说："这是你仅剩的一次机会，如果你不想在失败后懊恼，就必须放手一搏！"

　　一位成功的企业家也常对自己喊话："小心判断！做生意，成功九次，失败一次，等于完全失败。不管你以前成功几次，这一次都不能冒失！"

　　连在一家小小的牛肉面店都看过老板贴了一张塑料告示板："我们要以亲切的微笑服务顾客，不在店内说其他同事的坏话，不可以勾心斗角！"里头连老板在内只有四位员工，老板却把内部规章如此白话且透明化地贴在墙上，让客人忍不住对这种直接坦白的精神喊话莞尔一笑。

心灵的灵魂导师

　　其实人人本来就会对自己喊话。仔细感觉，你会发现，总有一个声音不时跳出来对"自己"说话，好像我们的灵魂导师。

　　只不过有人给自己的声音很严厉而没有创意，不时对自己说："笨蛋！猪啊！连这个你都做错！"或是"唉！如果连这个你也做不好，去死算了，没有用的东西！""这个很难，你一定做不到……"

　　用这种声音对自己说活，怎么可能跨出自信的脚步。

　　想活得好的人，会用温柔而有条理的声音引导自已。

　　给自己温柔的鼓声，行进的节奏才得以安稳而有力，不会迷失在其他的杂音里。

当你微笑时，整个世界都会对你微笑

有个在网络上流传很广（我至少收过五次以上）的卡耐基故事是这样子的：有个男孩脾气很坏，说也说不通，于是爸爸就决定启发他一下，给了他一袋钉子，并且要他每次想发脾气时，就钉一根钉子在后院的木头篱笆上。

第一天，男孩钉了三十多根钉子，代表他有三十几次想发脾气。慢慢的，他钉的钉子减少了。我想，是因为钉钉子应该会消耗掉一些怒气吧！

直到有一天，他已经不太想发脾气了，他就告诉爸爸，我脾气已经变好，不想再钉钉子了。

爸爸又交给他一个工作：如果这一天你觉得自己的脾气还不错，你就拔掉一根钉子。

拔钉子比钉钉子辛苦，过了好多天，男孩清除了所有的钉子。

"孩子，你做得很好，但看看这个木篱笆，它还留着很多钉孔呢！发脾气就是这个样子，还是会有一些疤痕在人们心中留下来。"

这个故事很有趣。当然，它不是要我们绝对不要发脾气，而是要我们别乱发脾气，像机关枪乱射一般伤及无辜。

虽然中国人很爱讲忍字，但我觉得一般人所赞许的忍气吞声也不是最好的方法。过犹不及，找不到出口的怒气会造成压抑，也无法解决问题。

就算要讲忍，也要把忍字研究一下，不要流于乡愿。

有一位西藏金刚乘的比丘尼佩玛·丘卓，把忍辱这两个字解释得很好。她说："忍辱，可以化解愤怒之毒，不是一味的怨耐、忍受，而是碰到会激发怒气的事情时，不要太急着做立即反应，不妨去咀嚼一下，闻一闻、看一看，放开心胸去看清眼前的情况。"

先放松自己观察一下，而不是马上发动攻击。

不知道你曾否观察过自己的情绪？人的情绪难免有些起伏，我发现，当我心情不好时，看什么事情就不太顺眼，一句平时不以为意的话语，可以让我像中箭落马一样的沮丧。但是，往往睡一觉醒来，却完全不知道昨天为了什么事那么绝望？

我也发现自己到了深夜时，特别容易受烦恼侵袭，变得杞人忧天，所以我尽量不要在入睡前做重要决定，因为那时做决定只是自找麻烦。任何烦恼的事情，都等太阳出来再说吧！

万一真的被自己的情绪烦到了，我也会告诉自己：再给自己一个机会，也许明天你会有不一样的观点！

果然都被我料中。不是某个人、某件事大有问题，而是我在此时的情绪不对盘啊！

爵士巨星比利·哈乐黛曾唱过一首经典名曲，很能安慰我的心情：

当你微笑对，整个世界都会对你微笑，

当你大笑时，太阳也跟着通体明亮；

当你哭泣时，天空会跟着你掉泪，

所以停止叹息吧，

捡回你的笑容；

因为当你微笑时，整个世界都会对你微笑。

看见彩虹

你有多久没有看见彩虹？

并不是因为天空没有彩虹，可能只是你没有抬头。

相不相信？我常常看见彩虹。

我常常看见彩虹

不久前从新竹演讲回来，下班时间，在拥挤的公路上，忽然看见两道彩虹，同时出现在空中，我像发现新大陆的哥伦布般，所有的疲惫全都消除了，对着天空神秘的变幻笑开了。

我从小就相信，如果你能在看见彩虹的时候微笑，那么一定会有好运。就像有人相信，对着流星许愿，只要那个愿望不太离谱，就会在不久的将来实现。

看见彩虹，总让我兴奋莫名。尤其是在旅游的时候，我也常常看见彩虹。

在北海道的薰衣草田上，看见彩虹。

在花博会搭摩天轮时，看见彩虹。

在普罗旺斯的旷野，看见彩虹。

在英国剑桥的水面上，看见彩虹。

开车回宜兰时，也常常在滨海公路上看见彩虹。

搭捷运时坐最后一节车厢，也看见彩虹，我差点大叫，但看旁边的人都低着头没有反应，怕惊吓了他们。

你也可以看见奇迹

我总希望从自己的"迷信"中得到一点好运，所以我不忘微笑。

从科学原理看彩虹，实在无趣。我还是宁愿相信，彩虹是一座通往天堂花园的桥，它的出现是为了迎接一个美丽的灵魂。

美艳女星桃莉·巴顿曾说：在我看来，你喜欢彩虹，就得忍受雨。颇有哲理。

不过，雨也不难忍，它使晴空不令人厌烦，变得那么值得盼望。

照相机拍下来的彩虹，总没有现实中美，肉眼多么精密，只有自然的东西，才会看见自然界真正的光彩美丽。

为什么我如此常看见彩虹？真正的原因，可能是我常仰头望着天空的白云发呆。打从很小的时候，我就有如此习惯，上课最喜坐在窗边，头一抬，魂魄便飞走了。常常因为不知道老师上到第几页而被处罚。

没有彩虹的晴天也有它光洁的美丽，云朵匆促的挪动，调节着阳光的角度。

彩虹是天空的奇迹。也许我也可以创造一句稍有哲理的话吧：如果你一直低着头，你怎会相信，天空会有彩虹？

学富五车，不如关心别人感受

人生是：你越高傲，人家就越想打击你；越谦和，人家越尊敬你。用贬低别人的话语来垫高自己，最笨！

别被自己的地位宠坏

一次聚餐中，我碰见一位非常有"个人特色"的客人。他说话横冲直撞的程度，让人大开眼界。

年过半百的他看起来文质彬彬，是某位友人临时邀请来的贵客。友人介绍，他学富五车，曾经担任过政府高职。

也许是当过"政治人物"的缘故，平时大家对他都毕恭毕敬，而他虽然已经从职位上退休，应该还享有某些特权，还有人听他使唤。

所以，他说起话来特别有权威感、有魄力，一开始打招呼，即可见其杀伤力。

友人跟他介绍，同桌的 A 君是知名小说家。

他马上说："噢，是吗？我从来不看小说，所以我不认识。"

哇，当下很多人脸上浮现了六条线。

接着，友人又介绍一位在某报工作的知名媒体人。

"噢，平常我很少看那个报纸，现在的新闻都不值得看。"

这会儿，为他介绍朋友的人也面有难色，不知是不是该将同桌所有朋友都介绍给他。

我也很害怕，因为轮到我了。"这是知名的电视节目主持人……"

他果然也立刻说："我也不看电视。现在的电视节目都很没营养，我孩子从小就不准看电视。"

我必须承认他的说法不是没有道理。不过，敢当面完全否定每个人的行业，还真是世所罕见啊！

就在这个时候，一位貌美如花的 B 女士匆匆赶到。

"喂，好久不见了。记得我是谁吗？"这回，他先打招呼了。

B女向来人缘甚佳，不过，看她一头雾水的样子，显然记不起此人。

"你不记得我了？"他有点不高兴的说："我十年前就认识你了，还看过你两次。两次你都跟不一样的男友在一起。那时候你很年轻，还很漂亮……"

哇，这下厉害了，一句招呼，就藏了好几把刀。

"……我……我我真的忘记了……您是否可以提醒我……"

有人在B女士耳边提醒此客的姓名。B女士的修养很好，举起酒杯说："噢，原来你是……我没先认出你，先罚三杯……"

比较起来，我很庆幸他完全不认识我。

这位客人，真让我大开眼界。他或许很有学问，但实在没礼貌。他一定以为自己是个有话直说的正直之士吧。也许官做太大，一直被人捧得太高，世界以他为主，所以从来不必关心他人感受。他是被自己原有的地位宠坏了吧。

一个人头发花白，还能在第一次见面时不畏树敌，表示他向来幸运。不过在脱离官僚体制的保护之后，应该也不会活得太如鱼得水。

就算学识满腹，能够不被自己的地位宠坏，还真不是易事。

餐桌上更要说得好

说话是餐桌礼仪的一部分，说得好有助于提升人气，请特别留意以下几点：

一、遇到好久不见的人，别提起人家私事。有时连"你先生还好吗？""请替我跟你太太问好"都不能说，何况是问起人家的男女朋友呢？现代社会，感情变化太迅速了，动不动你就可能变成"白目客"。

二、不要批评别人的职业，也不要一直问别人"到底在做什么"，频频追问细节。

三、如果真的根本不了解别人那行在做什么，也缺乏了解的兴趣，不如装恍然大悟说："啊，久仰久仰"或"佩服佩服"就好了，何必在一顿饭的时间里为自己树敌呢。

四、地位越高，态度越谦和，越能得人心。我看过最成功的一个政要，连舀汤时都会主动站起来帮同桌服务呢！虽然众人受宠若惊，抢着要做，但他这一个小举动，在人际关系上就成功啦！这是小投资大收获呢！

适度的能干

　　三十岁的她是金融界的专业经理人，总是一身利落套装，清秀的脸上总带着自信的微笑。

　　某天和她谈完公事后，她忽然说："我好想谈恋爱。"

　　"不会吧？你怎么会没有男朋友？"

　　"不是没有，而是散了。散了一年了，后继无人。"她叹口气道，"没想到认识了十年，他劈腿就劈了五年，我工作太忙，能相聚的时间有限，都不晓得。"

　　劈腿是现代恋情分手主因，并不稀奇。但劈腿五年，又不跟旧女友摊牌，还继续对她好，也算是一段劈腿式长跑了。

"劈腿能劈五年，表示他虽然花心，却不想离开你。"我只能如此安慰。

"我自己痛定思痛，归纳原因，我想是因为我太能干了，他不想离开我。"

她说："我现在才明白，以前长辈都说女孩子不要太能干，是什么意思。"

理财，她帮他料理一切，买进卖出，这几年来收益率高达百分之两百，他怎么舍得离开？有家人需要看病，她人面广，挂号都可以用特权，她都会尽力处理，他怎么舍得离开？

她虽然忙，却像一座精力无穷的千手观音，就连一些生活上的小事，只给她一通电话，就可以打理妥当，他哪里找这么方便的女朋友？

连他亲朋好友调头寸、贷款、旅游，都找她打理。就算他想离开她，家人也舍不得这样的准媳妇。

"我本来想，反正要嫁他，多帮他做一点事，不要计较。没想到，他竟然另外有女人，却还处处麻烦我。我好像是一个任劳任怨的元配,当他情妇的,什么也不必会。"

长辈确实常说,女孩子不要太能干,然而在这样的社会,工作上女孩子能力不强也不行。

只是工作能力太强的女人,也别一味地把这种能力贯彻到私生活中,帮夫帮到完美无瑕——没有缺点,可能正是她的缺点。身边的男人活得舒适,却也逐渐失去正常功能,在两人关系中也没任何成就感,渐渐觉得她一点也不需要人家照顾。

私人关系中,工作能力再怎么强,也别把大小琐事一网打尽,徒然累死自己,又拖累爱情。

最幸福的人，不必问人生意义

怎样的人生才有意义？

这是一个永远没有正确答案的问题。每个人的答案都不一样，每个人生阶段的答案也不一样。有些人不断在找寻答案，有些人一生只得到"没有意义"的答案。

但不论有没有答案，是什么答案，都有一个不可缺的要点"人生有意义的人，心中必定欢畅。

不一定要拥有什么。

几年前，我到老挝去。那时候，它还是一个不对外开放的国家。由于地处内陆，交通不便，农作物虽然丰盛，但现代民生物资仍然非常缺乏。

车行荒野，几无人烟，经过一座开满莲花的小湖旁，我看到了一幅令我难忘的景象。

六个五六岁的孩子，光着身子，嗨呦嗨呦，很有节拍地在小湖中划船。所谓的船，只是简陋的竹筏子。

被阳光均匀洗礼过的身体，泛着光泽。他们笑得非常非常开心，划得非常非常用力，一起往前划，划到小湖中心，又划回湖边。

我举起相机，他们也举起手，完全没有芥蒂地欢迎罕见的不速之客。哗啦！其中一个孩子跳进水里，像鱼一样地泅泳。一会儿，又跳上筏子来。然后，他们心满意足，嗨呦嗨呦，一心一意地在开满艳红色莲花的池上行舟。

我发了很久很久的呆。我知道，他们绝对是穷人家的孩子，他们没有玩具熊，没有游戏机，他们甚至没有一件好衣服。可是，没有人有权利觉得他们"好可怜"。

我觉得我"好可怜"。我们都一样可怜，因为我从来没有见过那么灿烂、那么自然、那么纯净、那么百分之百的笑容。我的因忙碌才能充实、表面上看来蛮有意义的人生，好像从来没能使我笑得如此喜气。那么美丽的笑容使我的心如莲花，在温暖的阳光下，和千百朵莲花一起嫣然盛开。

怎样的人生才有意义？希望他们永远不必为这个问题浪费时间。

心里从没浮现过这个疑问的人，才是最幸福的人吧！

快乐接受人生的正负面

我这么努力，到底有没有意义？我们不时会问自己这个问题。

我们不只问人生有没有意义，也问很多事有没有意义：我这么努力读书有没有意义？做这种工作有没有意义？这么辛苦地帮他人忙有没有意义？

到底什么是"意义"？是成功，是利益？还是某种荣誉？我们问的"意义"，通常只是很现实的利益，名或利。

但是，我们的意识在提出这个问题的同时，其实已经给予了否定的答案——我们是因为觉得没有意义，所以才提出这样的问题，在解答自己疑问的同时，我们往往让正面想法取代了负面想法。

换句话说，我们只是拿"意义"来打击自己，让自己沮丧，却又改变不了现状，或根本无力改变现状。

　　我的一个摄影师朋友曾经一直检讨，他那么辛苦地投入摄影有没有意义？使他不断问这个问题的导火索倒有些趣味。有一天，他到一个很偏僻的乡下拍照，想要拍一个坐在路边歇凉的老太太，老太太大概并不喜欢当模特儿，或是不好意思，着急着说："不要，不要！"为了阻挡他的镜头，竟然把裙子整个拉到上面来，挡住自己的脸。

　　"那一刹那，我忽然觉得自己很残忍，而我的工作很没有意义……她为了不让我照脸，宁愿拉起裙子把脸遮住……"从此，他一直在检讨他的半生心血有没有意义的问题。工作不来劲，遇到精彩画面时，也不再勇往直前抢镜头。当他对我诉说这件事时，旁边有个老先生说话了："少年人，如果你真的爱这个工作，你不但要爱欢迎你拍照的人，也要爱拒绝你拍照的人，正面和负面，你都要接受，这才是人生的全部，不要只想拣甜头吃。"

　　我的朋友和我听了老先生的短短评论，如醍醐灌顶。

　　"事实上，有没有意义，只有老天爷知道！"

我们问老先生，他做什么工作？他说，他是退休教师。

"我很喜欢教学生，可我教了三十年书，我教过无数个博士，也教过杀人犯和抢劫犯，我对他们都付出同样的爱心呀。当我发现我的学生长大后为非作歹时，我也曾经很沮丧，我这么努力到底有没有意义？我发现我不知道，因为我还是很喜欢这个工作，我还是要尽人事，其他的就听天命吧！佛教里讲自省自救，我要救他，他不救自己，有什么办法？"

我想，在读书的时候，我就已经知道，很多东西，背了学了将来没有太大意义——后来进入社会后也证明，从前背得死去活来的东西，占据了我年少青春的东西，并没有意义——让我绞尽脑汁的地理课，那些铁路、那些城市，有的现在已经不存在，有的改了名字，我那时总认为地理考全班最高分完全没"意义"。

但反过来想，我在企图考全班最高分、在我的脑海里冥想铁路网的同时，我不也体会了某种游戏的欢喜，在我得到好成绩的那一刹那，我不也曾经快乐过吗？

当然，如果那些读死书的时间可以省下来更好不过，可是，在我还没有能力打破那个"迂腐"制度的时代，我只能以正面意义打败它，而不要让它带来负面意义打败自己。

在天地间书写生命奇迹

每个人心中有意义的事不一样。

某些人心中最有意义的事，对其他人可能毫无意义。历史上有数不清的人，为了夺取自己心中最崇高的精神标杆，不惜舍生取"义"。

换了你，可能嗤之以鼻。原来人人如此不同，如天与地。也就因为，有人愿意发出属于自己的声音，这个世界才能像一个美丽的交响乐团。

斯科特征服南极的故事，你我绝不会师法前贤，但都会深深感动。他是一位英国海军船长，也是英国南极探险队的司令，自小害羞而胆小，阴错阳差地加入了南极探险队。从此，他爱上了南极。

爱上南极，或者，爱上了不可解释的宿命，一种奇妙的"非如此不可"的生命旋律。他发誓，在有生之年，非征服南极点不可。他要使英国的南极探险队，成为第一支在南极竖起国旗的队伍。

此后十二年，费尽心血的筹备，又历经几千公里不畏严寒的奔走，第一次远征南极点他几乎成功，却因突然袭来的暴风雪而功败垂成。他并不灰心，经过更充足的准备，他与经验同样丰富的队友，再度回到南极的冰雪天地。他们带着机动雪橇、西伯利亚的迷你马、阿拉斯加的狗群，和新西兰政府捐助的大批冷冻羊肉，准备一举成功。

冰封的南极，拥有令人惊叹的风光，也藏着惊人的凶险，即使在夏季，气候仍捉摸不定，每日温差可以在零下七摄氏度和零下六十摄氏度间肆意徘徊，她像个美丽而暴躁的情人，骄纵地调戏着痴心的追求者。

即使准备再充分，所谓冒险，仍只是一场赌博，并不保证你能收回投下的生命资本。未知，使人惶恐，却也充满冒险与刺激。

冰雪封冻，使承载的睡袋与帐篷增加了一倍半的重量，机动雪橇的率先故障，更使搬运必备货物难上加难，暴风雪常使空气中充满飞舞的冰锥，即使在帐篷中，呼出的气，还是会使胡子结成冰块。西伯利亚的迷你马只能畏畏缩缩地挤成一堆，等到死神——解脱它们的痛苦，而终于成为人与狗的必备食粮。由于食粮不足，其中一半人马被迫折返，向继续挑战极点的的五个人举杯祝福。他们并没有想到，这一次别离也是永远的告别。

　　风霜如针，刺进他们早已冻伤的双颊，斯科特等人奋力迈向通往极点的道路。但出乎他们意外的，他们并非第一只朝圣队伍。在距离极点四十三公里的地方，竟然发现，挪威探险队已经插上了他们"到此一游"的旗子。

　　那真是无情的打击。但他们仍坚持接近极点一些，1912 年 1 月 18 日，他们成功地征服心目中的南极点——它和南极的每一个地方一样，只是冰天雪地，白茫茫一片的酷寒大地，并没有人开香槟和 party 欢迎。而且，他们必须马上面对，长达一千四百多公里的回返路程。去与来，同样艰辛，粮食则更为不足。一位最健壮的队友失足跌落在冰崖中，咽下最后一口气，另一位队友为了把粮食留给其他人，选择独自告别，悄悄在荒凉的冰雪中迎接最后一刻。剩下的三个人，并没有回到出发点。一直到他们去世八个月后，搜救人员才发现他们，静静躺在距离极点才十一公里的帐篷里，任白雪为他们建筑坟冢。

　　斯科特的日记被发现了。最后一篇，他写道：

　　　　我们仍应坚持抵达终点，但我们却已经虚弱不堪，当然，我知道终点已经不远。这很可惜，可是我不认为我能再写下去了。愿上帝照顾我国人民！

我们也许不认为，征服南极有什么意义，可是，每一个求仁得仁的故事，总是人想向他们深深致敬。

浪人情歌

　　你总让我不由得想到我在西巴丹潜水时碰见的一条巨大的梭鱼。

　　尖嘴圆身的梭鱼，通常成群结队一起过活，一群梭鱼可能有几十只、几百只、上千只，在湛蓝大洋中回游，仿佛一个训练精良的马戏团，忽左忽右，不停地转着圈子，变化着各种队形。

　　人们很少会看到孤独的梭鱼。看来一脸凶相的梭鱼，胆子并不大，单独捕食的能力也有限，必须群众维生。然而，我在潜水圣地西巴丹的海中平台下看到的那条梭鱼，据不少职业潜水员的见证，多年来，都是孤独的。

不知道它怎么活下来。它是一只很大的梭鱼，只比我"矮"一点点。

西巴丹的海底世界美如繁花盛开的公园。许多热爱潜水的朋友每年造访，它总是静静地、看来很寂寞地待在那里。有人帮它取名为"乔治"。一到西巴丹，就先去看看还在不在老地方。

据我推算，它可能有几个孤独的理由：一、学会独自觅食的方法；二、和其他同类处不来；三、活得太久，失去了同样尺寸的朋友，只好学会一个"人"存活……

总而言之，乔治是一只卓尔不群的梭鱼。当同类必须遵循大自然的法则，依靠群众而生活，它却那么的自得其乐（啊，我非鱼，其实不知道快不快乐），且无灾无损地活着。

它的存在违反了自然界"应该如此"的法则，听来是一件很酷的事情。

你像那条孤独的梭鱼。曾有你这样的老师，现在想来，也是一件很酷的事情。

在我面前，你没有什么师长尊严，可以没大没小地和你说话，不必毕恭毕敬。和当时我碰上的那些讲话正经八百，要让学生"仰之弥高"的老夫子们有很大的不同。

你很年轻时就才华洋溢,素来有许多风流传闻。我从小看你的文章长大,算是你的"私塾弟子";不过,当我还在读书时,许多老师们说到你,都会警告女学生:"噢,小心喔,他传闻很多……"

当然,我很识相地从未传答过别人的意见。

你也不在乎别人的意见,总是一笑置之。你的眼睛只看见你感兴趣的东西:好文章、好酒、好山好水和好情人。

听说你自年轻时便有情人无数,却始终不愿受婚姻牵扯,自命"风流而不下流"。

你曾经自夸:"我从来没有付钱找过女人……她们都是自愿的……"

而我也牙尖嘴利地回答:"这有什么好自夸?男人付钱,至少表示不占便宜……"

你只是哈哈大笑,没怪我顶嘴。

据我的观察,你的自命风流还蛮诗意的:缘起便接受,无缘不强求,缘来不拒绝,缘散不怀忧。

我猜,在爱情的领域里身经百战又总可以毫发无损退出的人，是最多情、也是最无情的。而处处留情，又总能走得开的人，必然也有某种可爱的性格，让情人明知他留不住，却无法恨他。

多情与无情，可爱与可恨，都只有一线之隔，也可能汇集在同一个人身上。

你一直勇于活在当下

在还不流行环游世界的时代，你就以考古为由四处旅行，足迹遍布世界各国、荒原野漠。我曾和你的几个学生跟着你去冒险，跟着你要去寻"天山雪莲"，好不容易骑马上了天山，找到了逐水草而居的游牧民族……要打道回乌鲁木齐时，热情的哈萨克人邀请你住下，你马上潇洒地说："好，我就留在这里了。"

帐篷看来好简陋，没水没电也没有熟人，我们都宁可安安稳稳回到都市的水泥房里。过了几天，我再度英勇地和一位当地的朋友策马上天山，把你接下山来。你见了我们，却怪我们干吗这么早来，怡然自得地说，天山上的星星光亮惊人，月圆时还真大如脸盆，我们错过了，可惜可惜。

你是我看过的第一个勇于实践"活在当下"的人。

这些年来，听说已经过了"耳顺之年"的你都住在法国，生活仍然精彩，女伴还是没断过。

我们从小被教导的感情，充满了许多"应该如此"的道德观，也充满了"大家都这样，所以要这样"的生活规范，这些栅栏对你都不管用。

你的人生没有所谓"围城"。钱钟书说，婚姻是"围城"，城外的人想进去，城里的人想出来。其实人生处处都是围城。你，恐怕是个隐形人，想进去时进去，想出来时出来。

你实在是个任性的人，在"大多数人"眼光里，也是个怪人、败德者，然而，你却是当时我所看见的唯一一个在年岁渐长后，眼睛里还闪烁着奇妙光芒的人。

你教我的最好的事情

"我所能教你的最好的事情，就是：不要被大多数人牵着鼻子走。"我后来才慢慢参悟：只有对世界仍有新奇梦想的人，眼睛才能发出那么晶莹的光亮。

就叫他们浪人吧，他们的心必须流浪在没有边界的荒野里，才能继续烫热地跳着。

你热爱旅行与冒险，永远做着自己想做的事，谁也捆绑你不得。你是我看到的第一个不受凡俗束缚的人。你的人生那么无畏惧。或许你是那个时代的"败德典范"，但你有一种独特的光芒。玩世不恭与认真踏实这两种极端特质并存在你身上。

在你身上我学到：人生是一件要认真也要玩、不认真不好玩、有胆就要去玩的事情。当然我的体悟并不偏重于爱情。

我没啥胆量在爱情中玩世不恭，但我身上确实有充分浪人的因子，幸运的是，它们在我少不更事时就被唤醒了。

如果不是你，我的人生里大概不会有那么多"不怕"，也许就会像挤在一大群长得没怎样的梭鱼群中的一条梭鱼，一辈子随着团队口令默默地变换队伍。

这是你教我的最好的事情。

虽然，人们必然认为，对于年轻的孩子来说，这是极危险的教育。

然而什么是危险，什么又是安全？也许人多的地方才安全，但是如果一个人要挤在人多的地方，就必须听从某些规范循规蹈矩地生活。如果我一直按照所有人的期望生活，我真不敢想象自己会陷入什么样的错乱、压抑和疯狂。

你的人生是一首浪人的情歌，不管大多数人欣不欣赏。但你我行我素地唱着唱着，那是我年少时所听过的最奇特的歌，最有自信也最不可置信的节奏，不知不觉，我竟也熟悉那样的抑扬顿挫。

我知道，我的心中也永远有一首浪人情歌。每一个音符，都得由我写就、由我歌咏，任何人指使不得、代劳不得。就算世上知音稀，我也会独自唱着、唱着。

那是我的浪人情歌。

心灵也要度假

其实，只有一种度假不会越度越疲惫，那就是心灵度假。

是的，心也要放假。

心灵的疲惫不容忽视

一连两年的过年期间，我都来到印度孟买的北方普纳小镇，不同于第一次拜访时"试看看"的惊奇心理，这一次到普纳，选的是我所喜爱的绘画课，免不了也对"洗涤尘虑"有些期待，然而我所得到的心灵经验，却完全超乎我的想象。

　　第二次拜访时，虽然在一路上自我叮咛：不要抱着任何期望，就不会带来沮丧和挫折，还是有个隐藏不了的期望，清除我"非写不可"的焦躁感，请把我的心思还一些给真实生活。

　　如果我不写了，我还能做什么？

　　只有我自己知道，我的问题有多大。

　　有一大段时间，我的生活依恃着写作而生，像一只水蛭一样泡在虚幻世界的汁液里，做其他的事情都显得心不在焉，马马虎虎应付了事。

　　似乎连谈恋爱的目的都像是为了增加写作题材，如果故事还算精彩，我对失恋也没有太在乎。

　　我几乎没有一般女孩"无所不谈的闺中密友"，可以一边吃蜜饯一边八卦的那种；我也不习惯将心事向任何人报告——我有我的稿纸和电脑屏幕，它们是"有容乃大"。

　　稿子写到一半的时候，白马王子约我，我也会看他不顺眼。

　　写不出来的时候，我的情绪像一只久病而焦躁沮丧的老牛，想跨出栅栏，又跨不出栅栏。在热烈笔耕时，我的情绪，八风吹不动。

我过着极简陋草率的生活，除了写作也并无其他娱乐。房间里有没有化妆台和衣橱都没关系，只要有一张桌子，夏天没有冷气我也能体会心静自然凉的乐趣，冬天打着哆嗦也可以用僵硬的手指叮叮咚咚地敲打着键盘。

扛着僵硬肩膀的我，像快淹死的人会抓住每一块浮木一样的迫切写作着，也仿佛一个拿着拐杖的老人，在布满大石头的河床上辛苦地向前走。

起先我还一派天真地以为，我的肩痛会自动消失，忍了几年后我才接受自己的肩膀肌肉已经纤维化，颈椎也已变形的事实，看遍各种名医后，虽有起色，总是没办法痊愈。

在一边痛苦一边写作的期间，我莫名其妙地成为一个畅销作者。出版社开始规律性地发给我再版的版税，我也开始规律性地为自己付出医药费。

跳舞的人也许愿意死在舞台上，他也许。

终于有一个声音在我内心深处窜起：也许这是一种提醒，警惕你并没有真正地投入生活。

但是，除了写作之外，生活，又是什么呢？几年前我才开始问自己这个问题。

就好像一个得了"狂爱症"的人，除了疯狂投入爱情就尝不到生命的滋味似的；他爱上的是谁并不重要，关键在于，他必须爱。

像酒鬼，他什么烂酒都可以喝，最重要的是酒精，而不是酒的味道好不好。

写作并不是我的生活

"其实你并不是现在才变成这样的，这是经年累月的问题，现在你会觉得疼痛，是因为你的骨骼肌肉开始老化了。"我的医生很诚实地说。

老化？我才刚过而立之年，怎么就和老化扯上关系？我实在不敢相信。

然而此时我瘾头已重，就像决心戒酒者须先杜绝酒香的诱惑一样。我先企图使自己脱离书桌，不要再受"一定要写些东西"的念头制约。

我企图把精力移到别的地方。

写作可以帮助我起死回生，但写作，并不是生活。

这些年总有人问：你如何让自己一直写下去？我其实无法回

答。我的真正难题类似于：如何让酒鬼少喝一点酒？我接了某些电视节目（工作狂到哪里都是工作狂，有一阵子我也接了太多，超过所能负荷），到健身房游泳，到奇怪的地方旅行，我还参加过表演班、学肚皮舞、上陶艺课，开始一连串的书桌外探索，还有潜水。

它们都很像暂时性的"酒瘾勒戒所"。

为了逃离写作，我才开始生活，然而，越逃离越显得它重要。即使在风马牛不相及的活动中，仍不时看到它的身影如流光闪烁。

过着丰富的生活，好像也只是一种防止灵感枯竭的捷径。

这个下午，我读着史蒂芬·金的新书《写作》（On Writing）：在1999年，这位惊悚大师历经夺命车祸，全身骨头都移了位，因伤口感染不断动手术，每天吃一百颗药丸……然而，在重伤后的第五个星期，他感觉自己身上的疼痛只是某种启示，又开始写作。

我哈哈大笑：心想，得了狂写症的人，原来都像被诅咒了一样，有着类似的症候。

他在这本唯一描写过自己真实生活感觉的书中，模模糊糊地悟出一个道理：写作不是生活，但有时可助你起死回生。

是的，如果你的心中有一种类似"人生目的"的东西，苦难都会变成养分。

但有时我想把句子的顺序改一改：写作有时可助我起死回生，但写作，并不是生活。

经历数年的"勒戒"经验，我的狂写症稍有改善，然而——只要有几天我感到自己荒废耕耘，我还是像救火队听到火警警铃大作一样。

这是幸福吗？我不认为。

如果是不幸，也是幸福的不幸。

幸与不幸，同样都是五味杂陈的一锅杂煮。只是有的偏甜，有的偏苦。

另类人体绘画课

我已经察觉到自己生命中的天真，源自灵魂深处的能源，正被熙来攘往的时光推挤，使我半推半就地戴上世故的面具。

我并不希望，某一个早上醒来，我把面具当成自己真正的脸。

为了这个模糊的理由，我又回到普纳。选修一位日本老师"镜子"的绘画课。

普纳的冬天无雨，阳光像头温驯的羊，早晚空气冷冽，九重葛四处喧哗，正是一年之中最美好的季节。

两次到印度，我都只拜访普纳。普纳，其实不是一般人印象中的印度。这里像个联合国，看不见贫穷，没有种族之分，孔雀像猫儿一样在餐厅中优雅的乞食，它是约翰·列侬"Imagine"歌中描写的国度，浸沐在清平歌舞中的乌托邦。有些旅游指南上形容它是个灵修的五星级饭店。

天竺取经之路虽然没有玄奘困难，但也够折腾人了。花了整整二十四个小时，饱受路况摧残的小车才抵达普纳小镇。

一点也不想画得"好"，脑袋放松了！

为期八天的绘画课，称为"大师之作"（Master Painting）。"镜子"是个清瘦的日本中年女子，脸上总是挂着湖水般平静的笑，喜欢音乐跳舞和拥抱。在此之前，我没有看过她的画作，然而校园中耳语着她是一位棒透了的老师。

第一堂课是"人体"绘画。走进教室时，所有的人都有点害羞，然而，当"镜子"下了指令，要我们以自己的身体像蚕宝宝一样滚动，在教室地板上自由作画后，空间中开始洋溢着笑声。不多久，有人压在我的背后，有人把头枕在我的胸前，罕于与陌生人肢体接触的我刚开始有些戒心。

我们叠成一幅人体的画作。每个人都在笑，舒服地笑，不安地笑，开心地笑，或搔痒时咯咯地笑。

不习惯肢体接触的民族，很容易像弗洛伊德一样，对任何接触都产生性的联想，不信任自己的身体，也常忽略触觉与心灵的关系。

不久我就放松了些。皮肤的感觉开始回复清明，从同学们的身体所传来的讯息，给我相当的安全感，抚平了我对"性骚扰"的多余焦虑。

那是一种奇妙感受。平静而安详，我也不自觉地笑了。分不清楚谁的头谁的脚、哪一国的身体，这大概是我有生以来和最多人体叠在一起的体验吧。

然后我们玩风与树的游戏，一人扮风，一人扮树，风怎么吹，树怎么动，把身体当成大自然的绘画素材。

没有用任何工具的画似乎表达了：只信任自己的脑袋，不信任自己触觉的人，难免有感觉失调的问题。

这一天，我没有拿笔，在画纸上泼洒着彩墨。以前画图总觉得一定要像什么，模拟得越精确越好；写作也如是，多年来练习

的是精确的以文字抓住所有思索。这是我第一次有了"抽象"的
意图，我的脑袋放松了。

只因我一点也不想画得"好"。好不好，是世间评断。每天
活在各种评断中的自己，一定紧绷。

成全自己，成全爱情

当一个作者必须享受孤独，写作是一种独角戏；写的时候，必须旁若无人，感觉四周万籁俱寂；有时站在世界之顶欢呼，有时在幽暗深谷，无论如何，总是一个人在行走。

然而，一本书既然问世之后，它就不再是作者的私有财产而已了，为了邀请你的参与，我总想设计一些游戏。

我们来玩游戏吧

请将你的直觉准备好，不要多加思考，我们来玩个跟我们的日常生活、琐碎习惯有关的游戏吧。

一、你想转变心情时，哪一种方式是你最常采取的？

A．剪短头发

B．睡一大觉

C．出去玩或从事一点冒险

D．买东西

E．跟朋友诉苦

二、每个人都有自己的购物习惯，何者较接近你买东西的习惯？

A．不打折就不买，折扣越低越会使你心动

B．几乎不买东西，讨厌逛街

C．固定到某家百货公司或精品店，偏爱固定品牌

D．认为只有名牌值得买

三、买东西时你希望跟谁一起去？

A．父母或兄弟姐妹

B．好友

C．一个人

D．情人

四、下列何者接近你购买衣服的习性?

A．非杀价不可

B．总是用目测，懒得试穿

C．帮家人买的东西总是比自己的多

D．常常逛了半天什么也没买

五、如果和一个你有好感的朋友第一次相约，你会约在:

A．吃一价到底的丰富自助餐

B．约在星巴克之类的咖啡屋

C．吃一道一道慢慢上的西餐

D．约到郊外踏青或从事运动

六、如果是与情人约会，你偏好看:

A．文艺片

B．好笑的电影或动作片

C．超时空或幻想类电影（如《魔戒》或《哈利·波特》）

D．惊悚片

来看看你的内心世界与周遭环境的应对关系。

以下就是我的解释:

一、你想转变心情时，你最常采取的方式，表示你对"命运"的态度：

A. 剪短头发——总是期待命运能自行改变，一碰到难以选择的时刻，总想要去算命，表面上虽然前卫，却不太相信自己有改变命运的能力。

B. 睡一大觉——你是个认命的人。人生会过得很平安，但上进程度有限，小心变成缩头乌龟啊。

C. 从事不一样的冒险活动——你不相信什么是命中注定，最怕活得不充实；虽然活得比别人多灾多难，但至少你觉得精彩。

D. 买东西——你习惯以逃避问题的方式来解决人生问题。

E. 跟朋友诉苦——你虽然不愿臣服命运，行动力却很薄弱。总希望有奇迹出现来救你，却常因找错了救星，制造更多的问题。

二、较接近你买东西的习惯，代表你的工作性格：

A. 不打折就不买，折扣越低越会使你心动——你最注重"成就感"，如果工作过程让你觉得自己能够发挥所长，你并不怕报酬低。

B. 几乎不买东西，讨厌逛街——你注重的是"安全感"，希望工作的变动性不要太大。

C．固定到某家百货公司或精品店，偏爱固定品牌——你注重地位与名声，即使老板没给你加薪，只要给你升官或嘉奖，你就会很开心。

D．看到新东西或新品牌出现，总是很想去看看——你喜欢新鲜感，不能做一成不变的无聊工作。

三、买东西时你喜欢跟谁一起去，表示你的依赖性根源：

A．父母或兄弟姐妹——你对家族的依赖心很强，做什么都要问家人支不支持，但若出了问题也很容易怪罪家人。

B．好友——朋友在你心中分量最重，如果同事与同学对你略有微词，你会耿耿于怀。

C．一个人——你总是太相信自己，是"我觉得好就好"的独行侠，常把别人意见都当成耳边风。

D．情人——爱情在你心中比重太大，你很依赖情人，做什么都要情人认同。谈不好感情，你什么都做不好。

四、你买衣服的习性与你交异性朋友的态度有关：

A．非杀价不可——他（她）一定要听你的话。

B．总是用目测，懒得试穿——他要知道你在想什么。

C．帮家人买的东西总是比自己的多——他或他的家人喜欢你最重要。

D．常常逛了半天什么也没买——你根本不知道什么样的人适合你，标准常常改变。

五、如果和一个你有好感的朋友第一次相约，你约会的地点代表你期待的友谊：

A．吃一价到底的丰富自助餐——个性四海，兼容并蓄，不在乎朋友的职业和钱财，但求肝胆相照与上道。

B．约在星巴克之类的咖啡屋——你希望朋友能够和你交心、无所不谈，分享生活点滴、聊八卦评是非。

C．吃一道一道慢慢上的西餐——你希望朋友的地位和气质，要和自己差不多，能够提升你的知识或品味更好。

D．约到郊外踏青或从事运动——你是个不多话的人，希望有志同道合的伙伴，最怕没事凑合聊八卦的三姑六婆。

六、与情人约会看电影，你偏好看的电影类型，暗示你现在所期待的感情：

A．文艺片——细水长流、风平浪静最好，感情有太大波折，你可受不了。

B．好笑的电影或动作片——不好玩你就不玩，感情要能够让你快乐，否则你不会想结婚。你欣赏有特殊个性的人，所以在爱情路上，你的选择对象常会跌破大家眼镜。

C．超时空或幻想类电影——你永远是个梦想家，感情一离开热恋期，你总是会觉得失落。

D．惊悚片——你是"男（女）人不坏，女（男）人不爱"，因为你本身是个无聊的人，却又太怕无聊，所以总会吸引个性偏激的人过来。

小细节组成的大故事

《成全自己》这本书讲的是爱情中的小小道理，绝对不是在说教。我平时最怕人教忠教孝，每一篇小短文，都是从平凡琐碎、吃喝拉撒睡的小小事情来谈起，每一段情节，每一个人，都可能出现在你我周遭，都不神奇。我们的命运其实就是由这些庞大的琐碎组成的，正如蜂窝是蜜蜂一丁点一丁点筑成的一样。在每一颗小小单位里，都蕴藏着喜怒哀乐与爱恨情仇。

看似简单细节中，有最丰富的人性秘密。从别人的故事里，我们会看见自己的影子，或许，换一瞬间的恍然大悟或会心微笑。

　　写这些文章，不过是基于一个信念：

　　如果想活得幸福，一定要成全爱情；如果要成全爱情，得先成全自己；若成全不了爱情，也得成全自己。

啊，我是多么幸福

我认识一个女人，从高中毕业之后，当了十六年的咖啡店店长，才开了属于自己的第一家店。

花了十六年，学了十八般武艺，从哪里进口咖啡豆、怎么炒咖啡豆、怎么煮咖啡、怎么做三明治、怎么控制成本……都学会了以后，她凭着直觉找到了一家店面，自己当起老板来。

当梦想变成一种维生工具后，要面临的困难总比想象中还多。她眼看着许多人开起梦想中的咖啡店，却因根本煮不好咖啡而倒店关门；有些人幻想着当个有气质的、穿着雪纺纱洋装的咖啡店女主人，没想到开店后做的事有大半需要外劳般的苦力；也有很多编织着咖啡梦的女子，煮了几年咖啡后就反胃，芬芳的气味绞在胃里变成令人作呕的稠汁，像只受伤的狼般夹着尾巴逃离了自己的短暂梦想。

她也经过那种反胃的阶段，度过之后反而燃起一种和咖啡生死与共的信心：十六年了，每一次煮咖啡的时候，浓醇的气味缓缓涌入肺里，会有一个微笑浮出嘴角，她对自己说："啊，我是多么的幸福！"看见刚炒好的咖啡豆漂亮的色泽和可爱的形状，她也会不自觉地对自己说："啊，我是多么的幸福！"

她不是一个善于言辞的人，那种执着深深地打动了我。

没有一种幸福的背后，不站着一个曾经咬紧牙根的坚定灵魂。

发自内心的幸福，是因为在生命中找到一种可以让人不悔此生的元素，因为那样，生机蓬勃地活下去。

一定有一种东西，是比拥有所有东西对生命而言更有意义。

我是多么的幸福，对了，就是这种感觉，当我面对着稿纸或计算机，让心里涌泉般的音符滔滔流出化为文字，我的微笑被灼热的温度煮沸了起来，仿佛连空气中所有的灰尘都在举办一场无声的嘉年华会。

我是多么的幸福，当色彩缤纷的颜料，在洁白的水彩纸上浮现各式各样的呐喊，拿着笔的手随着脉搏轻轻颤抖着，那是铿锵有力的摇滚节奏，却有着比裹着糖衣的巧克力更甜蜜的滋味。

我常常忘了从工作中把自己像拔萝卜一样从椅子上拔起来，几个小时像一阵风一样消失之后，饿得受不了的我努力在冰箱中搜索食物，在饥肠辘辘中，我体会的是另一种饱满的幸福。

多么的幸福，令人感动得想掉泪的感觉。世间纷纷扰扰的杂音都被困在门外，没有办法侵入民宅。并不是只能独享的幸福，幸福是有感染力的。

仿佛只要有人发出一声"我是多么幸福"的快乐叹息，就为这个世界创造了一个希望。在向冥冥中所有的生物宣称：看，生活如此美妙，多么值得活下去的人生啊！一线光芒幽幽射进来，世界因而光亮美丽。

当我放下笔，独享我的幸福，所有心中的声音都绽开成玫瑰。

真正的有品位是：

看似一无所有，但感觉拥有一切，

就算有天失去所有财富，仍会务实地对待生活。

那些炫耀名牌的只是"富还没过三代"的暴发户。

真正的奢侈，不是金钱多寡或排场大小，

而在于你有没有能力摆脱庸俗！

Part2
做一个有格调的女子

遇见·做一个明媚的女子

天荒了，地老了，世界末日到了，也不能糟蹋自己的容颜气色，别人不看，我自己要看。当唇色已经失去少女时代诱人的油光水滑的淡淡樱桃红，多少为自己添一些艳丽。

学学巴黎美女

哪一个城市的女人最美？英国的一家报纸评选统计的答案，世界前三名是：巴黎、米兰、斯德哥尔摩。

这些年来，我所看过的统计，不管是哪个国家、哪个杂志、哪个网站的评选，巴黎的女人永远独占鳌头，从来没屈居第二。

欣赏巴黎女人

"浪漫奔放，天真甜美"是对法国女人的评语。

如果是我，我也会选巴黎女人吧。

在巴黎的那些时日，欣赏巴黎的女人一直是美好的视听之娱。坐在露天咖啡厅里，看着巴黎美女们走过来走过去，不独男人享受而已。

当然，不是所有巴黎的女人都美。没有一个城市的女人全是美的，巴黎的女人也未必都温柔可亲，可是她们多半有一种超乎庸俗的美好素质，不管是贫是富，不管她们的职业和教育程度。

我曾有好几次和巴黎美女相遇的美好印象。有次我迷了路，正在街头徘徊，一位着黑衣服的妙龄女郎牵着一只黑色的贵宾狗轻巧走来，和气却又架式十足的用法国腔英文问我：需要我的帮忙吗？——在冷漠的巴黎，这样的荣宠令我受宠若惊。

尤其，她，是个金发小脸纤腰五官明媚的女郎，全然像电影里头走出来的尤物。我竟也忍不住看呆了，愣了好久才回答她的话。寒风中，她对我微笑着，用她自信的眼神说明了，她知道，我的迟钝是因为她太美丽。一种连异乡的女人都会惊异打量的美丽。

至今我仍记得她的身形打扮和她的贵宾狗一模一样。

单从外表上来看，很多人都会说，巴黎的女人会打扮。事实上，长住在巴黎想要不会打扮也很难。我相信一个理论：女人打扮的样子，总是不知不觉的在附和那个城市本身的美感。如果她住的那个城市很丑陋，她想要变得美丽而脱俗，其实很费力气，也很不自然。巴黎是时尚之都，在巴黎，你自然而然会想穿得像巴黎，买得到的衣服也很巴黎，一切设计其实都融合在这个城市里。

和欧洲其他国家的女人比起来，巴黎女子骨架比较纤细，虽然美食满城、美酒满杯，她们总有一种维持魅力的自觉，就算到了老年，也都有维持苗条身形的自制力与压力。从内在特质来看巴黎的女人之美，多数人都会赞成：巴黎的女人美在于她们的自在。这是一个女性已有足够自信到不想下辈子当男人的城市。在巴黎当女人是比较吃香的。当然，美也脱不了历史。

巴黎女人的解放史

巴黎的女人有深厚的解放历史。

她们很早就认为，女人拥有决定自己身体的权利。比如，堕胎合法化就是在巴黎女人开始揭竿起义的。三十多年前，三百多名来自不同阶层的女人，在《新观察》杂志署名刊登宣言，大胆承认自己曾经堕过胎。里头的名单有西蒙·波娃、莎岗和莒哈丝及凯瑟琳·丹妮芙……

当时她们已是社会名流，却勇于挑战这一道会侵犯到教廷、法律和舆论的城墙，而女人参与革命的历史恐怕从法国革命时早已成形。巴黎的女人很敢在精神上或行动上与众不同，许多法国的女生，像伊莎贝艾珍妮和苏菲玛索，拍起裸照都毫不忸怩，她们也都坦坦白白地未婚生子，未婚生子的新闻连法国的影剧记者都不觉得讶异。

如果想要更进一步了解巴黎女人有多解放，看看近来一位现代艺术界的知名女性凯瑟琳·米雷所写的《欲望巴黎》——她自己的性爱自传，里头写明了她热爱"群交"，也不难在巴黎找到同好的历历往事，保证再自以为开明的家伙看了都瞠目结舌。

虽然，可不是巴黎女人都这么"乱"——但多数巴黎女人会愿意从道德之外的其他角度，来欣赏人类所有的渴望与欲望。

值得一提的是，根据调查，在巴黎，不到一半的女人愿意结婚，同居在法国已可得到充分保障，她们的结婚意愿大概是全世界最低。全世界大概没有任何一个城市的女人，比巴黎女人最能在"适婚年龄"所带来的压力下幸免于难。

所谓的浪漫，其实是：以一种轻松自如的态度，发展或接受自我的所有可能。

当一个城市的女人能够如此拥有自己身体与灵魂，怎能不拥有美丽的外表与精神？

不被情绪左右

 阿樱是我的好朋友，一位脾气十分温良恭俭让的高中老师。某天，我和她正在喝下午茶，接到了一通来自家中长辈的电话（对不起，因为家中长辈很容易生气，所以在此先隐其身份），不分青红皂白地跟我抱怨家里的事情。

 这是我从小到大一直在面对的事情。我想，没有一个孩子喜欢他的爸爸骂他的妈妈，或他的妈妈骂他的祖父之类的事，因为这些事他也无力解决，一回护了谁，就得罪了另一个，总是左右两难。

 通常，接到这种一千年我也没法解决的电话，我就会有种被电着的感觉。

"我正在开会，"我没好气地说，"我现在有事。"

但电话那头并没有停下来，而且和以前一样，只要我没有表态支持他，就会被波及。我扫到台风尾，被骂了进去。

我费了很大力气才挂掉电话，像一支刚被雷打到的避雷针，处于一种气到通电的状态。我把自己的委屈告诉阿樱，而且越说越气。

等我说完，阿樱只是轻描淡写地说："长辈就是啰唆了点，就点头说是是是就好了，你干吗跟着发那么大的脾气呢？"

我觉得自己被泼了桶冷水。

这么容易吗？

我心想，那是因为阿樱不了解我的状况，不知道我们家的事有多的难缠，她才会用这种"死道友、不死贫道"的语气对我说话。

但我心里也有另一个声音，反问自己：真的是因为我脾气不好，所以无法化解家人的怒气吗？

家人间常因一句话就引起大大的冲突，因为那样的"不爽"，都是冰冻三尺，并非一日之寒。

家家有本难念的经

风水轮流转。

某天，阿樱打电话来："喂，有空听我说话吗？

"唉，我妈听说我盲肠炎开刀，坚持要从南部到台北来照顾我。她已经来了三天，我躺在床上逃不掉，都快要发疯了。你知道吗？她什么都可以念，还可以念到：因为我爱吃冰所以有盲肠炎，因为我爱吃冰所以生不出孩子来，让她对我夫家不好意思，很没面子。她这是哪壶不开提哪壶，我也很努力在生孩子啊！生不出来有什么办法？今天早上我顶了她一句话，她就痛哭失声。拜托你，来我家陪我一下，改善一下气氛，我没办法和她继续面面相对。"

我在心里偷笑，哈，家家都有一本难念的经啊！

你以为"点头称是"就可以应付了吗？他就不会得寸进尺吗？你以为假装没听见容易吗？

亲人最容易影响你的心情波动。

清官难断家务事

我在很多年后才找到基本的因应方法：

一、承认年纪比你大很多的人，个性是比你更难变了，不要想改变他，最好也别顶他嘴，以免惹起更大风波。

二、切断过去的情绪牵连，深呼吸，不要让自己的情绪起连锁引爆反应。

为什么我们对自己的父母兄弟的话特别敏感？因为会勾起某些旧恨。只要曾经生活在一起，谁都有对不起谁的地方。那句话看来只是冰山一角，有比它巨大十倍的东西藏在冰山底下。

三、如果他喋喋不休，请在你快被引爆前找机会温和地脱离现场。或者，把话筒拿得离耳朵远一点，过三分钟再回来听，少听一点，少气一些。

四、沉默仍是上策。如果嘴巴够甜，就说几句"你最好了""如果不是你，这个家早就毁了"，但如果是妈妈对你抱怨爸爸，你切记不要跟着批评爸爸，以免妈妈为了壮声势，去跟你爸说你是站在她那边的，还说了你爸坏话等等。等他们和好了，你就里外不是人。

五、说真的，虽是至亲，有的也真的是话不投机半句多。请保持你的恭敬，但有时适度的距离会让我们更有思念的空间。如果你不能够做到小李子那样，就不要二十四小时紧跟着慈禧太后。

　　清官难断家务事，在我看来，最会引起难以抑制怒火的都是家务事。社会版上有许多家人自相残杀的新闻，引起杀机的常只是一句话（这是极端特例，但我也还是要提醒你）。只要你能在面对家中陈年旧恨时，让自己在愤怒燃起前抽身，你必然是个做什么事都可以成功的人。

忙碌也是享受人生

下面哪一个描述适合你?

一是，虽然有时我渴望休息一下，但是我其实很喜欢工作，喜欢新的挑战，我没事也会自己找事做。

二是，我只想做我擅长而且熟悉的工作，不喜欢太多挑战，一直希望能够平平凡凡地生活，日子只要不无聊就可以了。

三是，我不知道自己喜欢什么样的生活，我只是觉得日子压得我喘不过气来，很渴望好好休息，可是休息时我不喜欢一个人行动。

四是，我想要按照自己的喜好作息，我一个人也不愁没事做，可以悠哉悠哉过一整天。

解答如下：

选一的是挑战型，总是期待着刺激。

选二的是安稳型，他们是维持社会安定的中流砥柱。

选三的是矛盾型，他们很怕程式化的生活，却又不想主控自己的未来。

选四的是逍遥型，他们不喜欢自己的生活被别人主宰，可能变成艺术家，也可能变成流浪汉。

很多人在讲"慢活"，慢条斯理、细细品味生活，不过，把节奏变慢，不要追逐外在名利——这是很好的生活主张，但并不适合每一个人。

叫挑战型的人讲究生活，慢慢地活，他会很痛苦；他对追求成就感天生就有兴趣，他要快快地活、惊天动地地活才会快活。

安稳型、矛盾型和逍遥型的人可以"慢活"，他们不喜欢快节奏的日子。安稳型的人较具有自律性格；但矛盾型的人可能因为活得太没压力，反而自寻烦恼；而逍遥型的人可能因为太没压力，变得懒散。

一样米养多种人。有些人确实会从追逐中得到快乐，永远都想要突破现状。以香港首富李嘉诚来说吧，他七十岁生日那天，有宾客问他："你平生最大愿望到底是什么？"李嘉诚当时这么说："开一间小饭店，忙碌一整天，到晚上打烊后，与老婆躲在被窝里数钱！"

宾客大笑。

在李嘉诚心里，忙着数钱是快乐的，这种人千万别要他隐居或享清福，他已经是个巨富，却一点退休的意思也没有，只想往前冲。

挑战型的还有美国著名华裔刑事鉴定专家李昌钰。李昌钰的时间管理技巧，是马不停蹄地忙忙忙：他每天工作十六个小时以上，每周工作七天；从来没有正式度过假，即使度假也是和工作结合在一起，搭飞机仍然分分秒秒盯着一大堆文件数据聚精会神地看着。

他经常告诉学生，不要一心二用，但一脑要三用。李昌钰说自己没有什么奢侈的嗜好，直到几年前才开始打高尔夫球，但打球时脑袋也没停着，因为他认为在球场上能很好地思考问题。最好笑的是，连打高尔夫，他都很忙，不知不觉会动起他的侦探脑袋，判断哪边的草丛里藏着未被发现的球。他说："我每次都能捡一包球回来，所以我的球越打越多，现在都有好几千个了。"（看来他打球的乐趣在捡球。）

要他享受清闲，什么都不做，一切慢慢来，等于要他活受罪。

李昌钰的时间管理方法，应该会受到挑战型朋友的崇拜吧。他说："世界上最平等的是，每个人都有二十四小时，一年只有八千七百三十多个小时。一个人平均一年睡掉三千两百个小时，吃饭吃了一千两百个小时。"他觉得这样过日子是很可惜的。别人一天工作八小时，他一天工作十六小时，他有别人两倍的时间工作，所以能把时间分成八个四分之一："我四分之一的时间教书：在法学院、医学院、研究院都教书；四分之一的时间鉴识案件；四分之一做研究；四分之一的时间是帮助别的州或国家办案；四分之一的时间是到世界各地讲学；四分之一的时间是写文章；四分之一……"

他还说过，有人说他不会享受人生，他认为，从写书、破案、显微镜下他也享受到了人生。"享受人生并不一定是躺在海滩上晒太阳，晒太阳你会患上癌症！"

如果强迫一个能力不足、心脏不够强、不爱挑战的人过这种"八个四分之一"的生活，恐怕早就精神分裂了吧。但他乐在其中。

钟鼎山林，人人各有其志。如果你想要找一个"时间管理"的偶像，你不能只是羡慕他，必须要思考，自己是否想成为跟他一样的人，并且是否能享受和他一样节奏的生活？

我也认识一位画家朋友，一年才画一幅画，熬一锅鸡汤可以在炉边守两个小时；为了有香料入菜，自己种迷迭香和薄荷，等它们慢慢长大；所有的食材，她都不肯贪方便在住家附近买，常常花几个钟头开车到原产地区买；若有幸在她家吃一道简单的意大利面，也往往要苦等两个小时。千万别催她，她不会做；慢慢来，她怡然自得。

她从来没上过班，也不认为自己有必要接受什么社会洗礼（当然，这也要感谢她的好父母愿意体恤），她过得很快乐，也自觉幸运且幸福！

这样的人当然不会想要过忙碌日子，也不乐于在被窝里数钱！她只要顺着自然节奏过活即可，千万不要逼她将"功利社会"的时间管理硬套在生活里。

每个人需要的时间管理还真不一样。

有意见才有吸引力

完全隐藏自己的意见，别人没有办法公平地了解你、观察你，自然会觉得很费力。

也许你听过年长的女人这样告诫后生女辈："女孩子不要太能干，太强了对自己没什么好处。"

太强，包括口才太伶俐、做事太利落、意见太多。

不要把所有的事揽在自己身上，没错；但若抑制自己的能力与个性，恐怕别人也很难发现真正的你、欣赏自然的你。

从前，没有个性也没有特色的女人，在"婚姻市场"上较受到认同。

现在风水可轮流转了，再遵循老奶奶的教诲，很可能使自己变得黯淡无光。年轻优秀的男人，越来越懂得欣赏有特色有能力的女人。好男人处处有人要，没有一点特色，无法吸引他们的目光。

用上一代的传统方式，也许容易得到长辈的关爱，但却不容易吸引到出类拔萃的男人。

没意见，如何谈得来？

我曾经询问过适婚年龄的优秀男子，他们要找的伴侣是什么样子？他们总是会把"谈得来"列入首要要件。事业上若不能旗鼓相当，也要能在观念及想法上并驾齐驱。没有人想拖着一辆故障车，在高速公路上一起奔走。

用传统方式来收拢科技时代的优秀男子，效果可能适得其反。淑贞寻觅良缘时所碰的软钉子，就是个好例子。

"我好不容易找到一个好男人，却留不住……"淑贞很沮丧地对我说。

二十五岁的她一直很渴望好好谈个恋爱，终于在朋友的介绍之下，认识一个各方面条件都不错、工作表现相当优秀的男人。那个男子对于沉默寡言型的淑贞也有相当好感，两人相约看了几次电影，吃了几餐饭，淑贞正在幻想两人如何组织甜蜜家庭的时候，他却不再打电话来。

他不打电话来，淑贞刚开始也不好意思打电话去。撑了半个月，有天淑贞终于忍不住了，决定打电话向他问好，他的口气却变得陌生，只说自己最近很忙，每天都在加班。

淡淡地问她好不好，就是没有问她有没有空。

淑贞黯然挂掉电话。又过了几天，实在忍不下那种失落感，她又打电话给他，问他："……我有做错什么吗？"

男人吃了一惊，愣了半晌，才说："没有啊。"但就没有接话，两人陷入尴尬的沉默之中。"真的是太忙了……"他再次强调。

不明就里的淑贞实在不想失去他，紧接着第三次出击，下班后带了一盅自己熬的人参鸡到他的办公室陪他加班。

她以为他会很感动，没想到他的脸竟在她打开鸡汤盖子的那一刻变得很尴尬。她问他怎么了？他轻声说："我还是得请你不要这样，这样我……我无以为报……"

之后，他还是没有知恩图报，淑贞只觉得自己好心没好报。她请介绍两人认识的朋友问明原因。朋友传来该男子不想跟淑贞继续交往的理由，答案竟是："我觉得我们不太适合。跟她在一起，每一次都是我讲，她听；她说她很内向不爱讲话，讲到最后我都没话讲了；她连吃什么都没意见，想到哪里也没意见，跟她相处好吃力……"

连她送鸡汤的温馨行动，也被他解读为："她想证明她是贤妻良母——她是不是很想结婚，把我套牢？"

淑贞说："我妈一直告诉我，女孩子不要有太多意见，男人才会觉得被尊重，不是吗？"

她没想到，没意见，竟然会跟"不好相处"画上等号；不是有意见的人才难相处吗？

温柔地说出你的意见

以前的时代讲求"女子无才便是德"，怕女人意见太多，在家顶撞公婆，在外母鸡司晨，成为家丑。现在可不同了，现代优秀男子特别怕遇到没主见、没人生目标的女人，像只血蛭吸附在他们身上。他们不再企图当披荆斩棘的王子，不想拯救被困在高塔里的公主，工作太忙了，谁有那么多力气去对付困住她的那条喷火龙呢？当然，没有男人不欣赏个性"温柔"的女子，但"温柔"可不等于"没意见"。

温柔的人也可以很有意见。问题在于陈述意见的时候，是否以一种别人可以接受的委婉态度，提出个人的看法。据我观察，一个能以和颜悦色的态度与亲切的气质侃侃而谈的人，于公于私到处都受欢迎与器重，这一点，男女皆同。

盲从者或寡言者不再受到热烈欢迎。太没意见，会让同伴觉得他无知、无聊、不够坦诚、不知道他在想什么、有他没他似乎都一样，友谊无以为继，谈恋爱也很容易腻。

完全隐藏自己的意见，别人没有办法公平地了解你、观察你，自然会觉得很费力。一个让同性觉得无趣的人，也很难让异性觉得你"有趣"——有了解你的兴趣。

只有把女人当做附属品的男人，才希望有个没意见的女人：只要女人为他出力，不需出声。

就我的观察，上一代男人对外人赞美太太，多半赞美的是太太如何忍耐牺牲奉献和理家；这一代的新好男人，赞美的往往是另一半独当一面的专业能力及她待人处事的哲理。

男人欣赏女人的角度已经不同了。

聪明的现代女子也已经明白：以压抑来得到赞美的人，失去的必然比得到的更多。

有个性的温柔最迷人

有位朋友是众所公认的黄金单身汉，在三十岁过后，与同居三年、美丽贤淑的前女友分手，和一位他所认识的最有个性也最能干的 S 女子步入礼堂，承受"喜新厌旧"的指责，跌破了大家的眼镜，也使昔日女友伤痛欲绝。有人好意劝他："你跟 S 结婚，治得了她吗？"他很不高兴地回答："我要组成家庭，又不是要组成马戏团，我也不是驯兽师，干吗要治她？"

过了几年，他回想自己当初作出选择的理由，语重心长地说："有时我也会想到，如果我娶的是以前的女朋友，就会过着比较没有冲突的生活，不会常常为了一些小意见拌嘴；但是我那时真的怕了，我觉得和以前的女友在一起五年、十年、五十年，人生不会有什么不同，她还是会静静地听我说话，微笑点头，用崇拜的眼光看着我，一点意见也没有，也还是一样会遵照她母亲的教育，跪在地上把地板擦得一干二净。可是刚开始让我觉得自己备受荣宠的事，在和她同居三年后，却使我有窒息的感觉，我宁可冒险，也不要不会有任何改变的生活。和现在的老婆相处，至少没有无聊过，我从她身上学到很多我以前没想过的东西。"

优秀的男子需要的婚姻伴侣，不是附属品，不是免费劳工，是一个可以分享喜乐的朋友。现代女人，有意见而不敢说、有能力而害怕发挥，可就吃了大亏——以为可以得到怜爱，却抹灰了原本可以光亮耀眼的人生。

有个性，已是一种现代美的必备条件。有个性的温柔，最是迷人。

穷得有品味才高尚

我曾在餐会上遇到一位自称是"时尚达人"的女子。她自称只用名牌，而她所谓的名牌，还得要在欧洲本地制作不可。"我买名牌还可以赚钱。"她说。

这句话让我有些疑惑。现在世界各地的名牌价格差不了太多，除非不须支付机票费用，进口名牌水货已经没什么赚头。

"这三年来，光是我把名牌的防尘袋和纸袋拿到网上拍卖，至少就赚了三万台币。"她说——虽然买名牌时防尘袋和纸袋是附赠的，但我屈指一算，要将一到三百台币不等的袋子，卖到近三万台币的数量,恐怕她花在购买名牌的总价,至少有几百万台币。

"只有名牌,才能在用过之后,还有人要买。"她很得意地告诉在座女子这个观念:"比如说,我买一双名牌高跟鞋二万台币,穿了一季,还有人用八千台币跟我买。如果是一般三千台币的鞋子,穿了一季后,恐怕送人都有些不好意思。"

她认为,这样就是赚了八千台币,不过,按会计原则来看,一季就亏损了一万二千台币!比把三千台币的鞋子穿坏后直接丢进垃圾桶还亏得多。

我当下没有和她辩解什么。最近听说她债台高筑,满屋的名牌要打折出售。不过,她还洋洋自得地告诉朋友:"还好我买的都是名牌,都卖得出去。"不计成本、只求卖得到钱的理财概念,还真让人佩服。

目前,电视上还有理财专家,教导女人"把名牌买入之后,小心翼翼使用,再用保鲜膜包起来,将来还会增值"的概念,也是不可思议的理财概念。有些皮包或许会涨点价,但这种买名牌求赚钱的手法,听起来并不大气,还很俗气。

有本书叫做《穷得有品位》,是一位五百年前就家道中衰的欧洲伯爵所写的，他说：所有用钱买得到的东西，都不是值得夸耀的奢侈品。他嘲笑欧洲的足球明星"手上拿着 LV 包，身上穿着名牌服装，订婚时送上价值四万欧元的钻戒，说这种人品位超群，肯定是在开玩笑！"

他说，真正的有品位是：看似一无所有，但感觉拥有一切，就算有天失去所有财富，仍会务实地对待生活。那些炫耀名牌的只是"富还没过三代"的暴发户。书中最重要的一句话，应是给虚荣者的金玉良言吧：

"真正的奢侈，不是金钱多寡或排场大小，而在于你有没有能力摆脱庸俗！"

当一百元女人的乐趣

我认识的一位八十岁的老先生说，SARS，真是一个恐怖的时期。在他有生之年，除了"二二八"之外，从来没有遇过这么"人人自危"的时期。

在疫情还没有那么猖狂时，我还在跟一位好友在广播节目里开玩笑，赌谁先戴上口罩！！本来我们认为，为了防病毒而戴口罩，真是太好笑了！

言犹在耳。不到两个礼拜，包括我在内，路上行人百分之八十都戴上口罩，而且大家都认为"这才是最安全的做法"，餐厅里小猫不到两三只，大家都怕中央空调是病毒的传播源……可疑病患和他们的家属遭到最离谱的排斥……我敢打赌，我们从来没有这么紧张过。

除了电视和广播节目还要录像外，我的所有演讲和活动，都画上休止符。

虽然可以偷闲，但在这样的情势下，实在没什么好庆幸的。

闷了几天后，我觉得有点难受，决定运用起口罩带给我的正面意义。

任何一件坏事，可能都有它的正面意义。口罩让我嘴角直冒青春痘，但也使我想到了一个很妙的点子：戴上口罩，走在路上就没有被认出来的困扰，那么，不就是我"胡作非为"的大好时机吗？

买一送一的畅快感

加上出外人潮的大幅减少，平时不想去人挤人的地方，都出现了绝佳空档。很像村上春树说的，如果你在淡季到旅馆去度假，会感觉到好像连下一个淡季都一起奉送似的。有着买一送一的畅快感。

我利用一整个月的假期，把动物园、台北美术馆、台北当代艺术馆、台北故事馆、淡水渔人码头、历史博物馆、林语堂故居、钱穆故居……逛了好几次。

这些平日人挤人的公共场所，都清幽得好像是为我开设的一样。

我把所有想看的电影都看了，每天做完广播现场之后，我就往电影院跑，最高纪录是，有一回，有个足以容纳五百人以上的大型电影院，只有我一个人看电影，根本就不用戴口罩。

一百元女人的消费游戏

我还有一个新发现的消费游戏，叫"一百元女人"。

这个名词，是从日本来的。由于日本在泡沫经济瓦解后，不景气的状况已经蝉连十年了，消费市场每况愈下，所以百元商店大行其道。

东西越来越便宜，跳楼大甩卖越来越多，是通货紧缩的协奏曲之一。

便宜到不可置信，杀价到血本无归，表面上听起来是一件好事，其实并不然，经济成长需要一点点的通货膨胀加温。通货紧缩会造成的事实是，人们期望东西再更便宜一点，于是紧缩荷包，而厂商也因为血本无归，毛利越来越低，对未来没啥展望，所以不敢投资。

这肯定是一种恶性循环。

可是，对于经济氛围的改变，小老百姓几乎是只能像浮萍一样的随波逐流。与其以"刺激经济发展"的扩张消费行为来自欺欺人，不如在便宜的物品中自得其乐比较实在。

这一段日子，我迷上夜市和黄昏市场，拜口罩之赐，我可以自由穿梭在人群中，意外发现许多价格惊人的产品。我发现，黄昏市场只要花十块钱台币就可以买到一堆菜，花三十到五十元也可以买到一件内衣，偶尔可以找到一百元买五件棉T恤，最离谱的是，我曾经花一百元买五件过季全新有氧舞蹈衣。

我曾花一千元买了一件牌子不坏的晚礼服。这个品牌我曾在百货公司光顾过，会沦落到黄昏市场来，实在让人有"旧时王谢堂前燕，飞入寻常百姓家"的唏嘘。逛黄昏市场的人，谁会穿名媛的晚礼服呢？我抱着同情，以哀矜勿喜的心情买了它。

更别提那些标价一百元的衣服和裙子，样子都很时尚，不知道是哪家工厂倒店流出来的。最近这些年，衣服越来越便宜，应该拜大陆之赐：其实，即使是时尚界叱咤风云的名牌，有百分之八十都是在大陆加工生产的，不管标价便宜或昂贵，事实却是"殊途同出"。

最讽刺的是，卖便宜货的小姐，态度还比名牌旗舰店小姐和蔼可亲！

挑出便宜好货的成就感

我买过很不错的太阳眼镜，一百元。也买过一个全新的哈利·波特挂钟，里头还有授权保证书，只要一百元，上头的人物，是罗恩。东西一退烧就不值钱。

这一两个月令我骄傲的战利品，大概可以开一家"百元博物馆"。

找到这些便宜好货时，我总是深深觉得，在台湾生活挺感人的，就算赚的钱不多，还是可以过有质量、有趣味的生活。我可以大声宣称，台湾的东西，并不比上海或香港贵，只要识货的话。

在台湾免费而有意义的活动或讲座也天天都有，活得好不好，是自信心的问题，找不到生活乐趣，或许是脑袋空空的问题，并不尽是口袋空空的问题。

最棒的是，在台北，不必有车，可以搭便宜的捷运逛街。

我知道，我是个喜新厌旧的人，也许有一天，当我找不到新的惊奇，我会厌倦玩"一百元女人"的游戏，但是，我为自己在消费世界中的能屈能伸，能创造乐趣，很是芳心窃喜。

能屈能伸真幸福

能屈能伸，代表我能全盘适应且接受真实世界的种种可能，意味着人生态度弹性十足。

我肯定某些名牌的质量，但我从来不相信，大摇大摆走进名牌店，就表示一个人很上流、很高贵。

改变寻常生活路径，一个女人总可以得到意想不到的收获。

如果不能把生活版图放大，那么，也可以享受把世界缩小的乐趣。在可以轻易掌握的范围内创造新的生活游戏方式。我觉得，这比打电玩好玩。身历其境，而且也很刺激。就好像一只蜜蜂，也许没法找到世界上最甜美的蜜汁，但它也可以在附近的花园里，试试看另一种花的蜜！

胭脂

　　口红，有个古典的名字，叫胭脂。

　　有个女作家曾经写过一段极煽情的话，一个女人可以没有一个男人，但不能没有一管胭脂。

　　是有些女人，即使没有一个男人，还是会日日为自己上胭脂，总是要见人的，像我；有些女人只为男人上胭脂。我想，身为前者，算是对外貌的自律性比较好的。天荒了，地老了，世界末日到了，也不能糟蹋自己的容颜气色，别人不看，我自己要看。当唇色已经失去少女时代诱人的油光水滑的淡淡樱桃红，多少为自己添一些艳丽。素来胭脂不沾唇的女人，在现代也还是有的，但极少；不是已太有自信，要回归自然，就是连一点自信也没有了。

胭脂胭脂，在人们口中褪了色的古典名词，美则美矣，用得多，就变成咬文嚼字，矫揉造作，好像你在光天化日之下，还看到一个穿秋香色绣龙织凤旗袍的美女，走在到处堵车的台北街头。

我有很多管口红。我想每个没有放弃自己美丽的女人，都有很多管口红。

而很少女人会涂完其中一管口红，或对唯一的一种颜色从一而终。

很少人可以说出自己为什么要有那么多颜色、那么多牌子的口红，我也说不出为什么，就好像有人问我：为什么要写作一样，我就是要写作。

是余秋雨说的，凭着寸心才能获得的那一点神秘感应，公然拿到大庭广众之下侃侃而谈，不仅别人感到滑稽，连自己的寸心也没办法答应。

我就是要有那么多口红。

尽管有些口红色调和质感相似，连世上最灵敏的调色专家也分不清楚。我也不明白，为什么一定要同时拥有两支这么类似的口红，只因买它的时候是相同的心情还是天候？有时，买错了一个颜色，涂上唇去，如丧考妣般的颓废，实在不适合我，好不容易请托好友因为"不要浪费，在你脸上比在我脸上出色"的理由，要朋友收下，过不久，故态复萌，又买了类似的一支，过去不适合我的肤色，这一次也不会适合。

胭脂是女人的情人

口红如情人，有时根本搞不清楚，自己为什么要有这样的选择，有时更免不了重蹈覆辙，不适合的颜色同样让人意乱情迷，犯同样的错。

当我在决定买一条口红时，总有一些犹豫。已经有很多了，不是吗？为了环保的缘故，我是不是该让化妆品公司少赚我这一点点钱呢？听说，一个爱漂亮的女人，终其一生，可能会将四公斤的口红吃进肚子里。还好现在的口红不太含铅了，对不对？

该不该买呢？某种对颜色的固执偏好总是打了胜仗。每买一条口红，至少买了一天的好心情，对着镜子，点上新的颜色。这样的小小欣喜，世上的男人，不会真正懂得。那是口红与女人之间的奥秘。

还是买了新的口红。我就是要那支口红。

难得的任性，对口红。对于这世界，早已磨平了棱角啊，除了自己的唇，一个必须跻身于新女性的女人，并没有什么地方，可以有权利理直气壮地把自己的理性指数降得这么低。你的地位似乎得到了解放，但是某些情绪注定同时受到压抑。

口红，女人的小爱小恨。常上口红的女人，久而久之就会被制约，忘了自己真正的唇色，很难拿本色见人。仿佛有些人，常常为自己的言语上了颜料，久而久之忘了真心本意，多种颜色编织了无数心机，忘了自己处处心机。

就像村上春树在他的小说《沉默》中描写的一个编造流言的高手："他把单纯的事实一件一件巧妙地着上色彩，最后就形成像是无法否定的空气似的东西了。"

口红，最后变成无法否定的东西了。

仿佛本来我们的唇就该上色，生来便为了上色，才得光彩耀人。

从口红颜色曲折离奇的转折，看得出我的成长。

我与胭脂的历史

念大学时，口红是理所当然的第一件化妆品，不是自己买的，是从妈妈的化妆台拣出来的，血淋淋的鲜红，是当新鲜人兴高采烈的心情。我还记得，从小我就是个嫌自己长得不够让大人爱不释手的小孩。六岁，拿红色蜡笔当口红，学妈妈在镜子前面，把自己的嘴唇很精细地抹了一遍又一遍，得意洋洋，专心一致，像上着色图一样，怕颜色溢出框线，然后问我妈："好不好看？"

我妈在睡梦中被惊醒，气急败坏，用酒精一遍一遍搓掉蜡笔的粉末：再这样就打死你！我只是委屈，哪里懂得有什么不对，为什么红色抹在小孩子的嘴上就会中毒？

小时对自己的长相的自卑，至今还留下证据。在老相簿里，有一张小学三年级的大头照片，瘦削的三角脸，疏淡的眉，小蝌蚪般发亮的眼睛，单眼皮上头被我偷偷用爸爸的钢笔画了一条双眼皮线。以前我以为眼睛大才是唯一的美；直到念大学，照相时总把眼睛瞪得像僵尸一样，好像用眼神在说："看，我的眼睛可不小呢。"

欲盖弥彰。

研究自己过去的自卑是件有趣的事。

懂得使用不要让自己看来像艺妓的口红颜色的同时，照相已经不再刻意睁大眼睛。我就长这样啊，你接不接受都没关系。

看着镜头的时候，我们的脸庞总默默地说着话，那些话语透过照相机，送到欣赏者的瞳仁，宣扬着我们对自己的看法。

终于慢慢懂得使用什么样的颜色，可以随所谓流行做一点点修正，但不再让脸孔上只剩一张突兀的唇。

有云的天气我喜欢用很良家妇女的芋头红，阴霾的雨季我用淡淡的咖啡红，阳光出来的时候暖暖的橘红让我有好精神，别出心裁想要端着一张很酷的脸吓人时我涂上浊浊暗紫，很像阿达一族的"星期三"。我不用混杂着亮粉的口红。口红是我与都会的天气之间的一种默契。

虽然我也被口红制约了。对镜自照，也会有煽情的苍凉，说：女人就是少不了那一管胭脂。

胭脂。当女人还不愿放弃一管胭脂，她们，就不愿放弃被娇宠的爱情梦。

角落

　　坐在角落的人生，其实满愉快的，你可以轻轻松松看正发生
的事，可以鬼鬼祟祟地揣度别人的心情，可以悠悠闲闲、不成调
地哼着自己喜欢的歌，可以静静悄悄地谈恋爱，可以正大光明地
做你自己。

我热爱角落

　　我喜欢坐在角落里。一个总是选择坐在角落里的人，对近来
流行的心理测验师来说，一定会被推断是个没什么自信的人。没

关系，我喜欢坐在角落里，角落给我一种难以解释的安全感。我喜欢被具体的东西包围，两堵呈九十度的墙，或者是一堵墙加上一片落地玻璃窗，如果有阳光，我会舍阴暗而就温暖，我所谓的角落，是一个可以看人，但不太被人看见的地方。老朋友们都很了解了，一进咖啡厅，他们会心有灵犀地明白，我要坐在那里；这样的体贴，即使发生过一百次，我还是会有受宠若惊的感激。

只有真正的朋友，才会明了，我原是一个内向的人。

不是一个需要观众肯定，才能将自己舞得酣畅淋漓的表演者。不是米兰·昆德拉在他的《缓慢》一书中说的"舞者"。他说，舞者和普通政治人物不同的是，他追求的不是权力，而是荣耀；他并不标榜自己属于某个组织，只想占据舞台放射自我的光芒。为了占据舞台，必须把其他人挤下台去，必须有一种特殊的战斗技巧，他口若悬河，因为他会为自己的沉默感到羞愧，滔滔不绝地说出人们想听的，甚至比人们想听的还要多；在聚光灯下活动的他，就怕别人看不见，有无名的崇拜者，追随他光彩四射但欠缺思考的召唤；舞者爱上自己的生命正如雕塑家会爱上他正在塑造的雕像……

我看过很多舞者，他们只有站在众人眼光的焦点中，才觉得人生没有白活。

我不是。

好多人问我，做一个"畅销作家"或"媒体宠儿"会不会有压力。当然会，比如说，你不能轻易得罪任何人；你不能在特价专柜肆无忌惮地挑选三折的衣服；你在进医院看小感冒时护士大叫你的名字，会情不自禁地低下头，你不敢看妇科；你很难推却一些你实在不想去但不去就不够朋友的应酬，因为怕朋友觉得你不够朋友；你会在排队等公厕时也遇到叫得出你名字来的人；你在路上常得点头微笑，说，对啊，我就是你认识的那个人；会有所谓位高权重者请你吃有点尴尬的饭，完全不在意你原来是很害羞的人，或你其实已经没有时间跟要好的朋友吃晚饭或约会；很多人问你，你还想做什么，下一本书写什么，有什么理想目标，你不能说你其实毫无企图心，只想把每一天过得称心如意，其他的事顺水推舟。

没有人相信你做了很久很久的不畅销作家，也一样活得贫穷（事实上我从不觉得自己穷过，即使口袋里曾经只剩下不到几百块钱）而快乐；人们喜欢把你的成功看成汲汲营营的结果，认为你说"不知道为什么就变成这个样子了"的真话是敷衍之辞，好想 K 你；你彻底明白，忙得没时间真的是武侠小说中说的，人在江湖，身不由己。大家希望听到比较曲折的剧情，烈火般的意志力，期待你像武侠小说中描述的一样，一个剑客苦苦逼自己练出独门绝活那么多年，是为了证明自己的武功天下第一。

有时已经不想解释，但怕别人说你骄傲。即使真情流露地在接受访问，一离开镁光灯，有人会猜测，你背地里又换了一副嘴脸了。

我不想做一个舞者，也不是一个舞者。唯一能证明的是，我花了太多时间坐在没有人看见的角落。在我的桌前摊开稿纸或在灯下看一本我爱的书，多年来仍是我最快乐的时刻；我也喜欢看没有人看的早场电影，在空荡荡的电影院里流泪，不管是欢喜或是哀伤的眼泪，我笑得开心时也想哭，哭得开心时便笑了。我对自己不能虚伪。

生命中那些很美的角落

生命中有很多很美的角落。就像以前，上课时总希望轮到自己坐靠窗户的那一排，可以偷看窗外的蓝天，在课本上空白的地方画图；就像在失业的那一年，躲在法国中部小城里，在故事告一段落后，盘踞咖啡厅一角，喝着黑咖啡，吃着蝴蝶派，感觉人生完全没事做也可以很满足；跟大家旅行时，我老是傻傻的、若即若离地跟着众人，一个人在角落里速写着风景。有一次还有人偷偷照下我孤僻的样子，笑我是自闭症儿童。我实在是没有什么素描功力的，只是给自己找事做，他没问我在做什么。

我曾在广式烧腊饭店的边桌，倾听一个女孩对着另一个女孩开心地数落着同居男友，说他只因她把菜煮得太咸、男孩批评她太爱钱而争吵，她说她好累再也不想理他了，可是口气却是甜得化不开的，好像要黏他一生一世。

也曾在咖啡厅角落里看见一个女人要一个男人向她解释，她在他心中是什么地位呢？男人因为心虚而颇费唇舌，但女人只专心地想听到自己要的那个答案，其他的声音她一点也不想塞进耳朵里去的，否则她一定会知道，这个眼神闪烁的男人，不止有她一个情人。

……

我认为自己该变得简单一些。在角落里跟着音乐节拍为他们快乐的我，仍想得很多。

我的小房子也是我的角落，独自生活的我，有时寂寞，多半时候感觉到的是自由。在饥肠辘辘的午夜，冰箱里什么也没有的时候，忽然发现自己还有一碗泡面可以吃，为自己的容易满足感激涕零。

躲在角落的恋爱也很美艳；只能算是暗恋吧，还没开始，爱情就来不及变丑，要多绮丽就多绮丽。不管结局好坏，与世无争的爱。

角落是温柔从容的孤独

角落让我有喘息的自由，有呼吸的权利，人性有了比较宽广的空间，沉默有机会变成黄金，有机会理直气壮地面对自己的情绪。

我知道我毕竟有点宿命的孤独，温柔且从容的孤独。我确实为角落深深着迷。虽然有时不能不站在"舞者"的位置，大方让人看见。在聚光灯下被众人眼神凝视有另一种成就感，但，我知道生命和生活的重点在角落，角落让我肯定，一切拥有和失落终归是视觉上的场景，是虚无虚有，是过渡，一切都将成为过去的影子。

我想我不是唯一的旁观者。

也许有一双眼睛，也在生命的角落里看着我们，或钜细靡遗，或挂一漏万，在看我，看我走过悲喜，看我的脚步有时沉重有时轻缓，有时我驻足在安静角落不肯离去，只因保持点距离，看清别人同时也看清自己，更能从别人身上看到自己也有的贪嗔痴愚。

坐在角落里的人，不肯把自己的人生当成一场"秀"而已。悄悄发现一些小惊小喜，收集起来酿一缸又浓又醇的记忆的酒。尽管有时要离开角落与滚滚红尘相处，我不在意，我知道永远有个角落，是我的保留席，等待着我静静入座……

赞美你的敌人

人性是：伸手不打笑脸人，赞美你的敌人，就算不能化敌为友，至少可以显示自己的气度。

我有两个朋友，一位担任某市市"议员"多年，一位则是该市市长。两人私底下情谊不错，但因属于不同政党，所以在"议会"中常站在相反的立场。但即使是针锋相对，两人还是不忘幽默。

为了避免对号入座，在此我称呼他们为 A 市长和 B "议员"。

有一次，A 公开赞美 B："B 是一个好人，虽然他的那个 XX 党，好人不多。"

这话让 B 哭笑不得。

B 也回敬："在你那个 XX 党，你也是我看过有史以来最有耐力的人。"

B"议员"的书法造诣很高，他隐姓埋名参加美术展征选，得到第一名。

A 市长颁奖时，也开了 B"议员"一个玩笑："没想到 B 的书法写得这么好，我个人非常希望他多花点时间写书法，不要到'议会'找我麻烦。"

A 市长真是我看过最懂说话艺术的政治人物。

他很会运用语言中的小睿智。比如，在某个与幸福人生有关的记者会中，他一出现就说："我是台湾唯一幸福的市长。"

大家觉得很奇怪，为什么他敢说自己是唯一幸福的市长？"我是说，我是唯一一个姓胡的市长啦！"

这虽然是个冷笑话，但也在最短时间抓住了媒体的注意力。

他曾应邀到某国演讲。当地很冷，所以他穿了很正式也很厚重的衣服。可是到了会场之后，礼堂里人太多，挤成一个大暖炉，热得不得了。他很想脱掉外套，但又怕不够庄重。

上台后，他对听众说："虽然外头很冷，但是大家的热情，让我打从心里头热了起来，所以就让我脱掉这一件外套吧……"

深谙说话艺术的 A 市长认得每个记者，而且很擅长将这些说话不留情面的记者，变成自己的"民间友人"。

一位朋友 C 记者曾说，A 市长真是贴心至极。一般政治人物在随从的簇拥下，总是匆匆来去，眼睛只看下方，更别提主动打招呼。但 A 市长都会主动跟认识的人打招呼。

某一次，在一个公开场合，他在一群人簇拥下匆匆离开，迟到的 C 迎面走来。当时的 C 只是个菜鸟记者，心想，还是不要跟 A 打招呼算了，免得他不记得自己，徒增尴尬。

没想到，A 市长一看到 C，马上大笑着向 C 走过去，说："XXX（不雅的三字经），我不来找你，你打算假装不认识我吗？！"还用手轻捶了他胸膛一拳。

C 简直感激涕零，对这种知遇之恩铭感五内，从此很难写 A 的坏话。

2008 年的两位候选人，在赞美敌手时也都具有意在言外的幽默感。

有记者问两人："说说你对手的缺点是什么？"

这是一个带着挑拨意味的问题。直接说出对方缺点，没有风度，但又不能够赞美对方的政见有道理。

甲候选人回避了这个问题，他说："他很爱老婆，这是他的优点。"

（言下之意是否是：其他都是缺点？）

乙也很高明，他说："甲的缺点就是他优点太多。"

（甲的个人形象素来良好，没啥好批评。但也有人说，他形象虽好，恐怕魄力不够，乙说他优点太多，也许暗示他是个好好先生，就是不敢得罪人，没有个性……当然，以上纯属个人推断。）

这两位候选人在回答这个问题时至少都知道：常做人身攻击的人，会在他人心中植下"小人"的形象，并不会赢得人心。不做人身攻击，才能赢得大众的好印象。赞美敌人，更会让别人觉得你有风度。

这是在网络上被大量转寄已久的"必看说话规则"，在人际沟通上自有一番道理：

1. 别人的事，小心说。

2. 自己的事，听别人怎么说。

3. 小事，幽默地说。

4. 未必会发生的事，别胡说。

5. 长辈的事，多听少说。

6. 夫妻间事，商量着说。

7. 孩子的事，开导着说。

8. 急事，慢慢说。

9. 做不到的事，别胡说。

10. 伤人的事，绝不说。

11. 伤心的事，千万别逢人就说！

减肥的领悟

原来我也该减肥了。

我从来没想到自己有一天会和胖沾上边。这就跟我们都知道人一定会老，却很少注意到自己正在老；明明知道新陈代谢会慢慢变差，却没想到自己会胖。

其实，警讯老早就出现过，只是当时我"人在福中不知福"——应该说是人在发福中不知发福，并未读出它的含意。

首先是，好多人善意地告诉我："哇，你本人没有屏幕上那么胖嘛！"

我还会沾沾自喜，说："对啊，每个人在屏幕上都会多五公斤！"

有一次借某健身中心开记者会时，我试穿该中心提供的紧身衣，竟然发现镜中的自己像个被棉绳绑好的湖州粽子（我的形容不算夸张，湖州粽子至少还是长条形的），我还抱怨该中心提供的正常尺寸太小，谁穿得下？在超精敏的仪器下一量，天哪，"不会吧！"我大惊失色："你们是不是为了骗大家来健身，所以故意用体重计陷害我？"不只如此，我的体脂肪高达二十八（正常应该在二十四以下），而新陈代谢的速率只有正常的一半！

我已稍有警惕。因为，就算体重计骗人，也不会骗得这么离谱。可是还是不相信自己会这么胖。开玩笑，我上大学时只有三十八公斤，研究生毕业时腰只有二十三呢，怎么可能？

为什么我变成月亮脸

然后，我开始抱怨大家都不会照相，明明只有巴掌大，为什么所有的摄影师都把我照得像月亮脸？

我也发现流行的衣服都不适合我穿。做得这么小？卖给谁呀？

有朋友开始赞美我"珠圆玉润"……一换季我又发现，上一季的衣服变小了，是缩水，还是保存不当？

我用来安慰自己的理由很多："人生嘛，吃一餐少一餐，怎么能不好好吃一顿！""跟朋友吃饭时有人谈减肥最扫兴了！""减肥是男性沙文主义的阴影作祟！"

读日本的漫画家柴门文的杂文集，看到她对胖子的嘲笑话："如果要我在胖女人和瘦女人之间选择其一做朋友，我一定毫不犹豫选胖女人，胖女人因为意志力比较薄弱，因此憎恨也不会持续太久，你也没办法恨她，虽然有点邋遢，但也一定有可爱之处……"我还为她的巧妙比喻阴毒地笑了两声呢！就在此时，有一位记者打电话给我："网友们看到你昨天上电视，在网上讨论你是不是已经怀孕了？你想要辟谣吗？"

我的妈喂。我当下脸上发青，心想，是谁故意造谣？忽而有个声音告诉我："原来你也是一个'昧于不自知'的家伙！"

每个人都有心理的致命伤。我最不能接受的是：自己变成一个"没有意志力"的家伙。我拖出了体重计，郑重接受我已经超过标准体重的事实。

我立志做个很理性而健康的减肥人。我分析了所有的减肥方法，去除掉那些会有抗药性、会泻肚子的减肥药，或投懒人所好而借机宰肥羊的减肥中心，也把道听途说的千百种方法去掉，最后我还是采用中医针灸减肥，同时勤加配合运动——运动是未雨绸缪，可不能提早变成一个皮松肉垮、"背面一朵花、正面吓死他"的老太婆！

　　针灸并不轻松，还要配合饮食控制，不能吃的东西比能吃的东西多。就冲着"没有意志力"的威胁，我在两个月中瘦了六公斤。最重要的是，我让体脂肪回归正常标准。精神更好，失眠的状况也误打误撞地不药而愈。之后我就很有自制力（其实是如获大赦）地停止减肥。

有自制力才能减肥

　　没有自制力的人，也很容易减上了瘾，因过度减肥成了厌食症、或把终身健康送掉而送命者时有所闻，那是划不来的。

　　我想我算是个有意志力的人。因为企图跟着我减肥的朋友很多，失败的比成功的多很多。如果你也想如法炮制，请务必找合格医师。

　　目前，减肥简直是文明国家的全民运动。我努力观察曾走在这条路上的人，发现我们对"减肥"的反应，完全可以看出一个人的性格：

明明不喜欢胖，体重渐增却不承认，属最容易自我宽恕的性格，也必常找理由搪塞自己的缺点。

已经低于标准体重，皮包骨了，还要减，自信心非常薄弱。人生问题必然不在体重。一再立志减肥而失败，意志力绝对不坚强。

完全放纵食欲的大胃王，必有某方面的严重压抑。

我不认为瘦就是美，但每个人都有他自认为"活得比较轻松"的体重。有些人的体重，其实出自遗传。但我也很佩服完全接受自己体重的人。最近影剧圈的"粉红猪"钟欣凌，出了一本有关她成长史的书，我读了深受感动：从小就是清秀胖佳人的她，实在不能接受别人异样眼光，好像胖就不是人似的，经历各种减肥的痛苦，她终于决定，不再怕不再闪，狠心与胖共存，接受自己的胖，还以胖闯出了她的名号。她伶俐的口才与精彩的表演使人人眼睛一亮，大家在欣赏她的同时，也接受她可爱的胖。

她的体悟，真诚感人。如果天生注定是杨玉环，确实就不该学赵飞燕。

有一回看到半年前自己主持的节目回放，我瞪大了眼睛！——天哪，以前我还真是小腹突出、一脸浑圆、身材蛮强壮的嘛，怎么当初没发现呢？

真是"不识庐山真面目，只缘身在此山中"！

只有自制力是肥胖的"天敌"！

矛盾

　　充满各式各样的矛盾啊，我们小悲小喜的人生，还好，只要一息尚存，只要我们愿意，我们就有机会停止徘徊，选择其中一点安歇。也许只是稍稍安歇。

　　矛盾使我们摆荡。一直摆荡，就会一直混乱；安歇太久，又变得毫无生趣。我们渴望安全感，又害怕一切停止不变时，生命就停止了。

　　矛盾，就是这样矛盾着。

　　　　　　——写于某一年春天既热闹又寂寞的旅行途中，

　　　　　　　　　　　　　　　　　　　　我的笔记本上。

要喝些什么呢？咖啡厅里，女孩走过来轻声问。

冰的柠檬红茶。我肯定地说。哦，不，还是喝黑醋栗茶好了。不到三十秒，我又坚决地改变主意。

你忽冷忽热。朋友一语双关，用嘲笑的眼睛看我。女人啊女人。

其实你没有我想象中果决勇敢，你常常犹豫不决。你对着某个题目侃侃而谈的样子，和你平常不一样。他说。你，可以面对很多人演讲而不惧怕，一副一夫当关、万夫莫开的样子，但是你一个人过马路的时候，比一只乡下进城的狗还困惑。

不止不止，虽然你已经观察我观察得很仔细。可是我发现自己的矛盾更多更多。比如说，我喜欢朋友，但没有办法常常和朋友一起吃喝；我不喜欢寂寞，却也会发现，有时，一个人独处是我最需要的舒适；我常常觉得一件事情做起来好辛苦，但又会让我很满足；我喜欢美食，但又总是懒得出去买饭吃，自己做菜更别提了；我热爱写作，有时又觉得文字是我人生中最粗的一条锁链，日日夜夜，为我套上枷锁，什么时候我会自由呢？有时我也会问自己。

但又会对自己说，为什么我要那样的自由？！

对写作这种专业的矛盾我想不只我有。对豪富生活有享受欲望，也花了十足的力气研究，在《有关品味》（书名直译为《昂贵的嗜好》Expensive Habits）书中字里行间无时不透着自己只想过好日子啥事也不做，只要有华服美食与佳酿的畅销作家彼德·梅耶（Peter Mayer）也有一段幽默的自白：

"我不知道别的作家是怎么想的，但是我宁愿待在我自己的工作室里朝不保夕地过日子……踽踽独行的生命追求，不论代价何其高昂，其诱惑都难以抗拒。这是雅癖，这是折磨？我不清楚。但我明明白白知道，作家的生涯就是我要过的。寄支票时，请用挂号。"

但我保证，只要有他爱的昂贵食品松露吃，他会放下手边任何稿子。他一会儿向往"山居岁月"，一会儿又自傲于对昂贵生活的品味；写作，宣泄着他心知肚明的矛盾。

人人都在矛盾中生活

我想我唯一能肯定的是，我在矛盾中生活，又渴望不矛盾。这是不是也是一种矛盾？

当我拉开生命的魔衣橱，总是发现五颜六色的矛盾，塞满了我的生活，我没有办法伪装自己品味足够，总是看见自己所选购进来的衣服质料与颜色无奇不有。有时我也会弄些奇怪的着装，不成体统地穿戴在自己的灵魂上，偶尔瞥见自己的镜子，不知所措，我怎么会这样呢？

这一些情绪与渴望编织的衣服细细数落着我的矛盾，你的魔衣橱里有没有？

比如，知道爱情让人变得容光焕发，但也有力量使人无比落魄，所以既渴望又恐惧。

比如，知道人生唯一浪费不得的是时间，又很少能安安静静地留时间给自己，什么也不做。

喜欢被呵护，又害怕被束缚。

不是真的那么坚持单身生活，又明白自己不适应家庭式的团体生活。

有时想把自己的秘密大声向全世界宣告，又希望说了之后没有人记得。

心想一个人旅行很安静，可以只用眼睛看新世界，但真的要离开前，还是希望有认识的人同行。

了解自己不是那么痴心，却又明白一个人不专情是很麻烦的。

努力工作着，又常问自己到底意义何在，为谁辛苦，最后得到什么？答案啊答案，永远在风中飘泊，干脆不问了。

想大吃大喝，又怕体重上升。想大睡一觉，又怕第二天太晚起了，晚上睡不着。琐碎得要死的矛盾。该穿哪一件衣服、该留长发还是短发、该不该再买这一件心爱的摆饰品，尽管家里放不下？

想大声说我爱你，又怕将来不爱了这句话怎么收回去？

想无条件对你好，却还在估量，如果你什么也没有回报，我会不会太傻气。

我想得真多。我们都想得真多，还是我想得特别多？

很多人把他们的矛盾不经意地灌进我的耳朵。比如，有个男人深爱他的女友多年，非常怕她跑掉，但又不肯结婚，只因他不要拍"无聊"的婚纱照，不要在"吵杂"的婚礼中被愚弄。

还有个自命清高的男人因为女人坚持过情人节而后悔爱上她，冷战了一个月；女人因为男人觉得情人节商业且无聊而怀疑他对她的海誓山盟，小小的节日使他们面临分手的时刻。

有很多女人用最怨怼的口气诅咒完男人，又不能不爱他。

有些男人欣然见到自己的女人有了成就和光彩，又不自觉地找理由恨起她。

有的女人悔教夫婿觅封侯，他不觅封侯，待在家里帮她洗碗晾衣服，又看不起他。有钱的人忙着比谁有文化，文人忙着比版税赚的多寡。

有人缘的人为自己太有人缘、花了太多时间周旋而苦恼；没有人缘的安慰自己曲高和寡，但又渴望有一个热情的拥抱。

以为有钱就会快乐的人，有了钱却常更不快乐。

冷眼酸语看富豪，却又想过一下他们那种"无耻"的生活。

吝于说出爱字的人，最渴望听到自己说的一句话是，我爱你。

子孙满堂的，渴望能好好睡个觉，别被孩子的哭声吵醒；渴求送子鸟送来一个婴儿的，好希望上帝不要用老年的孤单虐待他。

婚姻，还是像几十年前钱钟书说的一样，在外头的人想进去，在里头的人想出来。爱里有爱的矛盾，恨中有恨的矛盾。爱和恨，彼此也很矛盾。

爱一个人，很难不小小地恨他。恨一个人，通常是因期待过他。在爱中恨自己，是因没有原则地爱过他，或他对不起自己当初以为不需回报的深情厚意。

越多期待，越多挫折；不期待，又缺乏走下去的力气。

想紧紧地爱他，但他若紧紧地爱我，会让我想逃走。

在矛盾中寻找平衡

我在矛盾中找平衡。人生能够向前行，是因为在矛盾中，我终于果敢地决定了一些事情，也许第二天继续遇到一个矛盾，再下个决定，没困住太久，又往前走了。矛盾像我们小船上的两只桨，向前划，一只向前，一只向后，常让我们在原地打转，自己造出了漩涡。

有点觉察，就能划得出来。我不喜欢矛盾，又不能不喜欢矛盾。怕没有矛盾，生命就没有了悸动和感觉。

矛盾，就是这样矛盾着，如潮起，如潮又落，也没有什么理由好说。掉入矛盾之必须，如决定脱离矛盾之必要，在我的生活中激荡出高低起伏的韵律……

要甜点吗？女孩又含笑走过来问。

不要。我说。午餐吃太多了。可是，喂……等等，还是给我一块起司蛋糕吧，我心虚又满意地点了点头。

巴厘岛，慢生活

我一直很喜欢巴厘岛。虽然说实话，它的气候太燠热、海风太潮湿、正午的阳光太毒辣、观光客太喧哗、海关动作太慢、美食选择不多（除非你真的胃口太好）、没什么好酒，而 KUTA 闹区有一些专门偷袭东方女子的禄山之爪，恐怖攻击案曾经无情地找上它，现在当然也不保证永远安全。

但是我仍然喜欢巴厘岛，我待它仿如前世故乡。

我爱巴厘岛

巴厘岛不是寻常的度假海岛，它被世上独一无二的宗教拥抱。

如果没有办法从宗教氛围与文化层面来了解巴厘岛，只是去度假血拼，住 Villa（度假别墅）或绑辫子头，必然忽略了它的独特之美。

好吧，我现在得试着解释，为什么爱这个岛屿——虽然，这与要我解释，为什么要爱一个人一样难。

说出来，好像就不是爱了。或是，就爱得俗套了。

可以这么说，如果人生是一本相片手机簿，它至少会有几张值得玩味的照片在上头；时光流逝，世间所有的烦琐都被吸尘器吸走，丢进垃圾桶里，它还会留下来。

我人生相簿里几张重要的照片，与巴厘岛有关。

前往巴厘岛，我总是在上飞机那一刹那，就开始兴奋。

从下飞机的那一瞬间，就开始觉得幸福。

在阳光照亮我脸庞的那一刻，回报它以容光焕发的微笑。在暖风中，冻得再冷的心也会慢慢解冻。

我想我和这个岛，有点缘分。

十年前，在生命中最无亮无光的一个农历新年，我第一次到巴厘岛，住在闹区的一个便宜旅馆。我遇到长得很像巴厘岛男人的一个台湾男人。在台湾，因为职业与兴趣天差地别，我想我们是永远不可能碰头的。

在开始的几年里，他只是一个很可信任的朋友。说真的，和我的理想情人典型大不相同。我年少时景仰的都是文质彬彬的才子，像年轻时的胡适和徐志摩。

唯一我们都喜欢的地方是巴厘岛。

这故事写起来，必是一本不精彩的小说，顶多只能写成"温馨接送情"的故事，没有轰轰烈烈的情节，不合看爱情小说者爱辛喜辣的脾胃。几年前，我们两个一身反骨、不认为人一定要结婚的家伙，竟然莫名其妙地结婚了。

这是我个人的事情。当然巴厘岛的美，超乎我私人的记忆。

虽然，我很久没有到过那里了。它已游人如织，不只我一个游客。

巴厘岛的可爱之处

巴厘岛的可爱之处，在于一种对大自然神秘的虔诚。

正如它的万神教，崇拜大地间与宇宙同生同死的万物一般，对天地生成的一切神秘力量，始终怀有不移的虔诚信仰。

我喜欢巴厘岛子民发自肺腑想要对人好的那种微笑，喜欢他们在稻田旁沟中洗澡的那种自得。

喜欢乌布的梯田，像青蛇一样蜿蜒在山脉之间的阡陌，以及乌鲁瓦图悬崖下金粉敷涂的夕阳海岸。

喜欢它咆哮声温柔又激烈的海洋。

喜欢"发呆亭"下微风静好。

喜欢一年四季不分青红皂白盛开的荷花，与燃烧似火的九重葛，还有像鸟喙一样灵巧的美人蕉。

喜欢无所事事的午后，白茅草屋檐下滴落的成串雨珠，和像涓细流水一般缓慢而优雅的生活速度。

喜欢每一个匠心独具的小小装饰，和他们对生活琐碎美学的耽溺与专注。每一座雕像、每一间厕所，都有各自的生命艺术。

喜欢他们把葬礼当作喜事的豁达。这是一个即使生命写下休止符，也需欢喜相送的美丽之岛。

一场缤纷的盛宴。了解它，才能品尝到它的真实滋味。

然而，就像许多被观光客攻占的观光点一样，巴厘岛一直在变。

就像许多欧洲人担心威尼斯有一天会被海水吞噬一样，我总是担心，一直存在于巴厘岛的唯美神秘气氛，会被观光客的脚步淹没；有一天当我再次踏上这一块奉献给众神的土地（这是 BALL 的原义）时，它已经变成一个跟普吉岛或关岛之类相似的地方，只剩下观光饭店和岛屿。我多么担心，有一天它们脸上乐天知命的微笑会消失，那些石子路会被柏油路所取代，梯田会变成一栋一栋山坡上的住宅。

迟早有那么一天，在美其名曰进步的殷殷期盼之下，它会变得不像原来的自己，渐渐失去天真。

巴厘岛的 SPA

十年来，我在巴厘岛所度过的日子，也算不计其数了。以前，每年总要来一两次，重温我的巴厘岛旧梦，这两年比较少去，真正的原因，确实是因为发现它越来越"进步"的缘故。

但"进步"的巴厘岛，其实也有它的迷人之处，像是能让人充分放松享受的好的 Villa（度假别墅）、好的 SPA（水疗）。

很多朋友知道我常到巴厘岛，总会问我，住 Villa 很棒吧？到巴厘岛做 SPA 很舒服吧？

说起来复杂。其实如果去错地方的话，一点也不舒服。

有的 Villa 非常粗糙，只是个包给某大旅行社的大型台湾旅客"选手村"；有的 SPA 一点也不专业，只是虚应了事。

巴厘岛的 SPA，有相当高的比例令人失望。

这一次我来，是因为 KIRANA SPA（资生堂水疗）。

关于 KIRANA，台湾来过的旅客并不多，我的朋友中，只有于美人和她先生来过。两个人对于 KIRANA 都赞誉有加，但我"拷问"他们老半天，只得到几句形容词："嗯，是半露天的，很舒服，没有背景音乐，只有风和流水的声音，手法很柔软，然后我就……睡着了。从来没有睡过那样舒服的觉。不过那个觉睡得很贵。"

真是有趣的形容，不过，在按摩时累到睡着，是我常做的事情，有什么特别的呢？

"很奇怪的睡眠，很放松的睡眠，我梦见我还在念小学，在小学校园里到处穿梭。"那意味着回到某种天真无邪的境况吧，"总而言之，那种手法不像是在按摩，而是在催眠，引领我到很深很深的底层……"

她的形容越来越"村上春树"。

那一定是值得体验的 SPA 了。

车子绕过蜿蜒小径，下车后，一走进乌布小山头的 KIRANA SPA，立刻可以感受到它想创造 SPA 休闲乐园的壮阔企图。

它位于乌布最宜泛舟的阿扬河畔，几位穿着传统服装的巴厘岛少女双手合十，带着羞怯而诚恳的笑容。

我穿过洒满阳光的小径，在绿意拥抱的露天中庭里坐下来。少女跪在地上（这让我受宠若惊），要求我填写简单的个人健康调查表，并求我读完该中心的服务宣言。

文件数据上说，KIRANA 的按摩与其他的巴厘岛按摩不同，不是为了治疗或矫正筋骨酸痛而存在，它一点也不会痛，唯一的宗旨就是希望你放松。

然后，一位长发少女领我走入通幽的曲径里，经过了月桃树、天堂鸟与九重葛遍布的花径，步下重重小台阶，到了我预定的"总统级" SPA 套房。

那是一间山崖上的半露天雅室，里头有设备完善的蒸气浴、雨淋浴和烤箱，三边的露台都可以远眺阿扬河及远方布满绿荫的山头。这一切，只有我一个人享用。

虽然所有的建筑材质和模式都低调、隐性而简洁，一点也不耀武扬威，但还是让为自己独享的奢华露出了虚荣的微笑。

这里的美很宁静，宁静到让我想起苏东坡几无人间烟火味的词《洞仙歌》：

> 冰肌玉骨，自清凉无汗。水殿风来暗香满，绣帘开，
>
> 一点明月窥人，人未寝，欹枕钗横鬓乱。起来携素手，
>
> 庭户无声，时见疏星渡河汉……

此时近午，仍能体会"水殿风来暗香满"和"庭户无声"的清闲气象。如果是夜晚，这里所刻画的情境，就应该和洞仙歌里的感觉一样了。谁不想在这样的亭台楼阁里编织绮梦呢？

此时，五小时 SPA 企划书递到我手上。

不愧是日本人企划的 SPA，一切都在有计划的控管之中，一切都是白纸黑字，用一丝不苟的态度来维持休闲的质量，让顾客"放松"。

这个企划书宣誓的过程如下：

> 药草蒸气浴（五分钟）——请穿着沙龙沐浴

脚底和腿部按摩（六十分钟）——请穿和式浴衣沐浴

放松身体（一百二十分钟）——和式浴衣沐浴

中餐轻食（我选了鸡肉三明治和无糖姜茶）

脸部按摩（六十分钟）

后自由使用按摩池、泳池和三温暖（请着泳衣）

其实，看着这个企划单时，我心中不无疑惑。五小时？天哪，我是个没耐性的人，在大白天乖乖不动躺两个小时被人按摩，已是我忍耐的最大限度。

五小时，我能"撑"过去吗？

我先享受了蒸气浴。

就在我心存疑惑的时候，少女带我步上了阶梯，到"正殿"里去。真正壮观的正殿的造景，一个会令人在梦里偷笑的空间。

按摩床被水围绕，前有睡莲盛开的水泽，后有泳池，前后都有按摩浴缸，嘶嘶喷滚的水流，激发我想立刻泅浸其中的欲望。

前方靠着山崖的景致更吸引人。小巧的发呆亭就伫立在私人泳池中，泳池旁圈围着鹅卵石，川流的水流过，仿佛是个制造巧妙的五行八卦阵，似有风生水起。

　　负责按摩的少女以非常轻柔的声音，要我正面躺下，开始为我做脚部按摩。

　　我的耳边只有风声和水声，这一点就足够叫我放松，至少，没有矫揉造作的SPA音乐……我不知道自己是在什么时候睡着的，也许几分钟后，我就进入了意识朦胧的状态，变成一个随她摆布的顾客。

　　没错，这不是按摩，是一种无声无息的肉体催眠。她的力道很轻，比抚摸要重一点，恰到好处的温柔，使我渐渐进入梦乡。

　　噢，也许不是梦乡，而是介于有知觉与无识无觉中间的那一块地方。我仿佛躺在悬浮的一团光影里……然后，时间缩短了，等她轻柔地唤醒我时，足部按摩已经做完。

　　身体的按摩过程中，其实我有清楚意识的时间也不多，只觉得自己的身体被当成一座竖琴，乐师以熟练的技法弹奏出和谐的声音。没有声音的声音。

　　朦胧之间，身体疗程的一百二十分钟又不知不觉地过去了。我享用了午餐，很开心地把脚泡在鹅卵石上的浅水里。

　　看着我拥有的这个有山灵水秀的空间，我忍不住对着三明治傻笑起来，有一种"世界上最富有的人过的日子，也不过如此罢"的感觉。紧接着的脸部按摩也很细腻，在每个脸部的穴位间轻轻游走。她的手势像一条鱼，探索着水塘每个角落的鱼。

然后，就是游泳时间了，总统级待遇有私人泳池，而一般客人也可以享受私密的游泳空间，享受水天一色的感觉。

五个多小时，就这样飞快地过去了。

有一位行家说，巴厘岛的SPA其实是做感觉的，此话说得很有道理。而此处精雕细琢却不匠气的建筑，创造出了一种奇妙的意境。我觉得，这里的SPA应该是一种山水禅吧。

其实，在来巴厘岛之前，我度过了一长段十分忙碌的时光。我是个在工作上总想尽全力的人，虽然重视自己的休闲生活，但常在浑浑噩噩间接受了太多的挑战，累积了许多疲惫。疲惫让自己的心产生好多无谓的噪音，即使在四下无人时，自己和自己还在毫不停歇地对话着。

这里让我找到一种很久没有到来的安静。再容易急躁忙碌的人，也会在这样的温馨对待里安静下来，愿意和自己的身体独处，和风声水声独处。

　　这应该就是我们生命中最简单也最豪华的一种渴望，一种成全。

　　KIRANA SPA 独特的造景，使它与巴厘岛的神秘气氛相融，精神相通。一切造景都有原汁原味的美感，而所有对顾客的虔诚对待，又合乎巴厘岛的待客思维。

　　无疑的，我的人生相片里，又留下一张印象深刻的写意照片。在这个万神教的众神岛屿，我又享受了一场缤纷的盛宴。

　　但多事如我，也还是想再提醒：请在接受这样的待遇前，先了解巴厘岛，才能品尝到它的真实滋味。

诚实地说，我们未必会得到我们想要的爱情，不管多么努力，要使那个"想要的情人"也钟情于你，需要好多运气。要他始终如一，则是运气加努力联手出击，也未必会赢的一盘棋。

我不想骗你。有自信的人……

即使得不到想要的爱情，他都觉得自己活得还不错。

Part3
做一个有态度的女子

遇见·做一个明媚的女子

当一只拍翅逃奔的鸵鸟，不是懦弱，不算偷懒，只要明白"暂时逃走是为了继续往前走"，也是为了给自己一点缓冲速度。

你是一个会过生活的人吗

网络上传递着一个小故事。

话说有一次，英国皇家海军招考雇员，口试题目为：在一个大风雪的夜晚，你开着车经过公车站牌，有三个可怜人等不到车：一个是快病死的老太太，一个是救过你小命的医生，一个是你的梦中情人，你会先载哪一个呢？

两百多位应征者，只有录取的那一位没有做任何申述，答出令人恍然大悟的答案。他说：我会把车钥匙交给医生，请医生载老太太去医院，我留下来陪梦中情人等车。

没错，这是个三全其美的答案。但如果不是先偷看了答案，我一时也答不出来。

因为我不会想到：自己可以放下方向盘，救人可以有更好的方法，未必要"尽其在我"。

这个小故事使我会心一笑。生活何尝不是如此，让自己休息下，不要绷得那么紧，反而活得更如意。

如果你可以马上想出好答案，那你一定不只是个绝顶聪明的人，必然也是个在生活中松紧自如的人，懂得什么时候该放下来。在寻常日子里可以把身段放得柔软的人，总是有创意的。

把玩成功和被成功把玩

在工作中，我见过许多成功人士和日进斗金的企业家，最让我羡慕的，当然不是那些将来可能会过劳死、赚了很多钱却没有把钱花在改善生活质量、光拿钱来买外表的虚荣品味的家伙，也不是那些满腹经纶却得了生活低能症的行动侏儒。我欣赏的人多半是很有幽默感、很自在的人，他们的眼中仍然燃烧着梦想，该做的事总是很值得信任的把它做完，该玩的也没少玩；他们把玩成功，没被成功把玩，这才是真正的成功，享受着甘醇可口的人生。

我可不是从小就了解这个道理。

以前，好长的一段时间，我是个紧张兮兮的可怜虫，为工作疲于奔命，一休息就有罪恶感，玩乐的时候想的是工作，工作的时候却想着玩乐；睡时不想睡，该醒时不想醒，结果什么也做不好。心理上的失调也导致生理上的不适，我胃痛、头昏、脸色难看、心情不好，更惨的是，也不知道自己为何而忙。总之，就像一只饥饿的无头苍蝇到处乱飞，从未发现真正可口的食物何在。

肢体动作反应出我的慌乱——走路时，我的头部总是向前倾，拳头也不自觉地紧紧握着，每个人都看得出我很不自在，脸上写着"生人勿近"，只有我自己看不出来。

经过很多大大小小的波澜而心智慢慢的成长，我发现，有一句话是人类世界不变的真理：我们真正拥有的只有此时此刻，每一刻都是由当下这一刻缀合而成的。如果这一刻我不能感觉自己活得很好，那么，我永远活不好。

如果我自己活不好，我其实没有余力对别人好，对别人来说，我只是个压力源而已。

如果我想要别人一见我就笑，我必须先有微笑的能力。

从一个人如何对待自己的生活，可以看出他尊重自己的程度。时代早已不同。以前，为自己活的口号，被视为自私，然而，现在不为自己活的人，常是别人头痛的根源——人家不是觉得被他依赖太吃力，就是觉得他的百般呵护太唠叨，人家想要的，未必是你想给的。

爱自己，人家才觉得他值得对你好。

你是不是一个会生活的人

我们先来做个苦守寒窑十八招的小测验吧，看你是不是一个会过生活的人：

有下列症状请打勾：

1.和熟朋友聚会也总是找不到切入点和共同话题，没法让人仔细聆听你的意见。

2.一个人不会买衣服，一定要参考别人的意见，不然，总是买错后悔。

3.总觉得家里附近的餐厅都被你吃烦了，真讨厌。

4.对旅行的看法是：等我退休，一定要好好去环游世界。

5.没跟旅行团的话，不敢去没去过的旅游点。

6. 一碰到人家有亲子问题，就认定天下无不是的父母，不管朋友的爱情、婚姻状况糟到什么地步，总是劝合不劝离。

7. 觉得自己已经很尽力在工作，但除了薪水，没有任何的成就感。

8. 所有的成就感都来自于别人高兴不高兴，自己是否能让他们感到光荣。

9. 常常抱怨政治有问题，社会人心出了差错，老板也很无能。

10. 想找到一个必然有退休金的工作，一切以稳定为前提，无趣没关系，反正赚钱嘛。

11. 就是和朋友约，也老去那几家餐厅和 pub。

12. 每天最大的消遣就是看电视，常一边看一边发表一边骂，不断转台。

13. 认为自己有钱了就会快乐。

14. 只看某一类的书，其他都兴趣缺缺。

15. 居家布置三年来一点也没改变。

16. 就爱吃那几样传统菜，只爱听某个固定时期的歌。

17. 凡是要晒太阳的活动，都让你心生畏惧。

18. 超过三年没有学会任何"新把戏"、新技能。

你总共拥有几个勾呢？

如果你有十五个勾以上：你属于"生活木乃伊"，倾向于维持动也不动的姿态直到世界末日。

十一到十四个勾：属于"生活中风症患者"，小心啊，你的生活已经半身不遂了。

八到十个勾：生活在重大压力下日趋麻痹，很想为自己活，却懒于改变既有状况。

五到七个勾：你的天性原本浪漫，但因现实环境或传统观念影响，对于改变生活有无力感。你变成一个"生活修道士"，有不少的愿望要实现，却过着只能"微调"的生活，不是心甘情愿。

一到四个勾：你是受欢迎的生活梦想家，所到之处笑声不断，想活得更有趣的念头早已在你心中萌芽。加油吧，未来的天空更亮丽！

没有勾：你是生活过动儿，简直不能忍耐任何无聊，也不想遵守任何规矩，长辈对你很头痛，你却活得很轻松。

活得好，是自己的责任

每一次在电视节目中访问夫妻时，总有一句话让我听到耳朵快长茧，那就是许多男人自豪的说："啊，我家啊，大事由我决定，小事由我太太决定。不过，没有大事就是了。"他们多半拥有一个在婚姻中变得越来越坚强，也越来越不浪漫的老婆。口口声声抱怨太太没情趣的男人，并不知道让人觉得没情趣的是自己。

有个念哲学的朋友，个性实在很像他们的大宗师苏格拉底，他的老婆更像是苏格拉底家的母老虎。他的口头禅也差不多：小事由我太太决定就好，大事由我决定。所谓大事嘛，就是人生有没有意义这种事。

两个人在一起，其中有一个人得了生活低能症，另一个人就会变成浪漫缺乏症，也过不了好生活，为什么？道理很简单，他必须为柴米油盐酱醋茶负责，事必躬亲，哪里浪漫得起来呢？

不会过生活，必然会造成感情的恶性循环，后果不堪设想啊。

男人女人，都有责任学会过生活。学会过生活，不需要家财万贯，只需要一种化平凡为神奇的创意和让自己活得快乐的意愿而已。

活得好，是自己的责任。

让自己过得好

在这个追求效率与速度的时代，我的家，显得有点麻烦。

我的个性，简言之是尽量把所有难的问题都简单化，即使做起重要决定，通常也是快刀斩乱麻；内在，从来没喜欢过任何繁文缛节；外在，也未曾为粉雕玉琢而费思量。打从小时候，我就立志将来绝对不要做家庭主妇。然而，让家变得有点麻烦，却也是我自己的主张，而且心甘情愿的接受。

一般来说，周一到周六的每天早晨，我都得赶赴中广主持九点钟的"好时光"节目。为了家中的例行公事，我至少得在七点起床。首先让房子里充满温柔的钢琴音乐、喂池塘里的小金鱼吃早餐、将盘据十个窗台和两个阳台的植物喂饱水、安抚五只猫（其中有四只需要早晨按摩）、为它们清理两个猫厕所、换上干净的水和猫饼干，我才能安安心心地出门。如果还有空的话，用酒精灯，帮自己煮一杯巴厘岛的黄金豆咖啡。

九点的节目，正逢交通巅峰时间，住在台北市南区小山坡上的我，必须在八点以前出门，才能赶赴每天早上九点在中广的现场广播节目。曾有人劝我，叫我多赚点钱，搬到市中心来，不是比较方便吗？最好就住在工作地点隔壁，走路就可以到。我只能笑着说，我就是从市中心搬到郊区去的。在四周稻田围绕的小镇郊区长大的我，纵然也在大台北丛林生存了许久，耳朵还是没有办法忍耐车马川流门前的噪音，鼻子也很难忍耐完全没有任何花草香味的空气。更糟的是，我根本无法在完全密闭的空调室里入睡。

有人告诉我，久了，就习惯了，奈何我是个感官非常敏感的人，我压根没有习惯过。一有了够买房子的钱，我就决心搬到山坡上就有五个小公园的地方来。

很多相信童话或言情小说的梦幻少女可能和我一样，小时候以为将来会遇到一个白马王子，将我接进华丽的城堡，从此过着

快快乐乐的日子。长大后才发现，自己买房子总比完成童话中的
梦想容易，只有自己有能力和意愿给自己一间接近理想的住所。
既然有了自己的家，就表示，要让自己过得好一点，不要只是一
味的和粗糙的环境妥协下去。

理直气壮地活着

想要拥有自信的人很多。知道要做自己的人也越来越多。但是，不知道怎样有自信、找不到自己、所以没法做自己的人更多。

我曾接到不少大学生的来信，或在演讲后问我：怎样才能像你这样有自信？

"我真的有自信吗？"每次我都会自我反省一下。

"为什么你觉得我有自信？"我问。

"……你很知道自己在做什么，好像……也觉得自己的人生过得很有意义。面对着那么多人说话，你一点也不害怕……告诉我，我应该怎么做才可以这样？"有一次，一位女大学生不太有自信地回答了个问题。

她讲得很有道理，也使我反省到什么是自信的问题。

我也曾经不知道自己在做什么。

也曾经觉得人生很没意义。

也曾经害怕面对很多人说话，不，甚至只是对一小撮人说话，我就会脸红心跳，不知所措，且语无伦次。

有些成就感无助于自信

为什么我会有了自信？会让别人感觉我有自信？

建筑自信心像在盖一栋坚固的房子，你得有耐心先打地基，打梁柱，扎扎实实把房子盖起来才行。

也就是说，自信心要靠一些材料"垫"出来。

材料不实，房子容易垮，大家会看清楚，你只是"爱臭屁"的自大狂；房子装修得美轮美奂，里头却寒寒伧伧，这是"世纪末的华丽病"。光粉饰外表你也不会有自信，充其量只能当个以为别人都在注意你的自恋狂。

自信的背后要很有实在的东西。姑且叫它"成就感"。

成就感靠的是努力和愿意成长。对我来说，那是明白我在做什么，还有持续地阅读、吸收知识的习惯和愿意挑战挫折、愿意接受新事物与新观念的考验，以及愿意改变。

当然，做很多事都会有成就感。

可是有些成就感无助于自信。

做想做的事就有自信

如果你的成就感来自于和三姑六婆传递八卦消息，你会有成就感，但不会有自信。

如果你努力与他人竞争，除了想赢之外搞不清楚自己想要什么，你赢了，就像打麻将赢钱一样，会有成就感，但不会累积自信。

如果你努力经营塑造的是别人（比如望夫成器，望子成龙），而自己并无长进，他们成功了，你会有成就感，但反而失去自信。

如果你努力的目标除了金钱之外，并没有精神的收获，你会有成就感，但终究会觉得好空虚。

如果你吸收知识的目的只是用以炫耀他人，博取注意，抬高自己和高谈阔论，没有拿知识来反省自我，你会有成就感，但不会有自信。

　　如果你所做的一切只为得到他人赞美,是的,你也会有成就感,但永远没有自信。

　　自信是不待他人肯定,你已自我肯定。对你存在的世界说:不管有没有人注意我,我在这里,我理直气壮地活着,做我想做的事。

女人说"不"要干脆

小苑是老板的情妇。

"我本来没有要跟他在一起,我也不是笨蛋,他有老婆有小孩,老婆还非常厉害,虽然不常来公司,却掌管了我们公司所有的人事和财务。"

事情是怎么发生的?小苑说:"他霸王硬上弓。"

事情是这样的,老板常常利用"办公"机会约她到饭店和客户谈业务,在饭店的咖啡厅坐了几分钟后,就要求她"到楼上谈一谈",看着老板手上亮晃晃的房间钥匙,熟女小苑当然明白接下来会发生什么事。

　　"好几次，他都跟我拉拉扯扯。不过，我躲了一年多，都没让他得逞。"

　　我听到这里觉得有点奇怪，小苑有这种好色老板，为什么不辞职他就？以她的能力，不可能找不到其他工作。

　　"可是，老板在工作上又很器重我，我不忍心把工作抛下。"她说。

　　"得逞"发生在公司到上海旅游期间，"我本来以为，老板娘也来，我应该没有危险，为了预防，我甚至还带了我阿姨一起住同一间房呢。"

　　老板晚上邀她到房里聊聊，她以为老板娘也在应该没事，但一进门，老板就将她拦腰抱着压在床上。她拼命挣扎，后来想到了一计，便跟老板说："我很愿意跟你一起，但是我有个习惯，事前一定要洗澡，我先回房里洗澡，过三十分钟再来找你。"

　　老板不放她走，但她口口声声保证自己一定会再回来，他才放手。"我回到房里，当然不会想再回去，再回去是羊入虎口啊！可是他一直打我房间的电话，我怕吵醒我阿姨，再加上他在电话中保证，自己只是喝多了酒才这样失态，一直要我原谅他，我才再度到他房间去，结果事情就发生了。"

　　既然都已经成为"不堪回首的惨痛经历"，而她也和老板分手了，所以我没有坦诚地向她质疑：听来不像是"霸王硬上弓"，倒像是一场打情骂俏的捉迷藏。

　　老板会冒着被母老虎般的老婆抓伤的危险，拼了命吃窝边草，有一大半的原因，必然是在她欲拒还迎的态度里不断得到暧昧的暗示。

　　本来可以避免的危险，却因为她的优柔寡断而成为发生的事实。

　　明明可能发生，却不想走避，就像不断在老虎面前晃动肥羊美肉一样，老虎固然凶恶，肥羊也太不小心。可是，对于不少向来乖巧懂事的女孩而言，要她们明确说"不要"或掉头而去，竟是如此困难。

　　她们多半有"只要你喜欢我，我就不能对你残忍"的柔软性格，才使感情的命运脱离了自己可以掌握的安全轨道。

往阳光的地方走

有一位女性读者给我一封 E-mail，坦白得可爱。

她说，感谢你的本本好书，总觉得读完之后，又可以多活上好几天……尤其是你的《拥抱自信人生》一书，让我在阅读时数度落泪、无法自己……虽然我很想跟随你的步履奋力迈向阳光，但似乎只有几天光景，又回到原地……唉，我实在没办法改变自己。不过，我会试着努力的！千言万语，还是多谢多谢多谢……

信末附赠的多谢足足超过 20 个。

读完她的信，我笑了起来。看她的信，并不感觉她是一个自己所形容的那么阴郁的人，相反，她的信也带给我阳光般的温暖。因为，只有一个温暖开朗的人，才能那么毫不保留地说出自己的感谢；只有一个想要成长的人，才会一再地找书来解放自己的心灵；只有一个感性的人，才有随着书中情绪起舞的能力。

尽管我相信，在她的人生中有一些目前还不能够解决的问题，但只要她懂得往阳光多处走，总会发现，有一天终于在不知不觉间通过了黑暗甬道，自己原来已经到了意想不到的地方。

只有几天光景就回到原地，本来就是我们追求任何成长时会遭遇到的问题。因为我们实在太心急，期待着"一日千里"或"一劳永逸"，一感觉自己好像又往后退了，就开始怀疑自己的努力到底是不是白费。

其实，没有一种成长可以在一夕之间"药到病除"，困顿与瓶颈每天都会出现。只有继续前进，才可能看出自己走了多远。打个比喻来说吧，追求成长的我们好像在强风中的旅人，强风代表我们的坎坷命运、愚钝天性或坚强惰性——我们每天前进100米，强风总可以把我们往后吹90米，实在令人灰心。然而，如果我们肯往前走，总会一步一步远离原来的地方。

我深知，克服写作瓶颈只有 3 字箴言：写下去！

克服人生的瓶颈也只有 3 个字：走下去！

被强风往后吹，有什么关系？谁的成长是一帆风顺的呢？就算有人一帆风顺，那也必然比你缺乏应付狂风暴雨的能力。即使我们永远走不到理想中无风无雨无忧虑的桃花源，但至少会懂得如何欣赏生命风景中总会交替出现的阳光与风雨。

用最简单的方法应对复杂

压力，通常不是来自真正沉重的工作，而是因为自己缺乏解压能力。

如果能够在最复杂的情境中镇定下来，找出执行原则，就是最有成功特质的人。

有一位杰出女性的故事，很让人感动。

她叫凡达·布鲁克，十年前，她和先生刚移民美国没多久，有三个还没上小学的小孩，有份稳定的工作，一个突发事件改写了她的平顺人生：她先生在一趟旅行中因哮喘病突发而过世了。

公司很体谅她，建议她为了照顾幼子，转到比较轻松的部门工作，她推辞了。

十年后，她没有被悲剧击倒，没有失魂落魄，也没有过劳死，反而当上了一家年营业额超过五千亿台币的公司部门经理。

答案很简单。这十年来，她确切执行一门"妈妈管理学"——用最简单的方式来解决各种细琐复杂的事情。因为知道自己的时间永远都不够，所以必须学会不为小事抓狂，才能把力气集中在大事上。

她把家务外包，请人来打扫，也多付钱要求两岁小女儿的保姆帮忙准备大家的晚餐，"晚餐，可以吃就好"。

想添购什么用品，她就请孩子们在厨房贴备忘录，想到就写下来，自己没空买，就雇人去买。买来的东西当然也常不如人意。"也许我自己买会比较满意，但是千万不要这么想。"

授权，就必须接受别人的选择和自己不一样。

此外，单亲妈妈带三个幼儿出外旅行是件十分麻烦的事，但她也不愿牺牲和孩子共度的假期，她的旅行都会选定一个地点，住上好几天，比如滑雪或露营，大家安安稳稳地在定点旅行，不会因为拎着大包小包的行李而心浮气躁。

工作上她也采取授权原则，为了每天准时下班，凡达·布鲁克每天都会设定自己工作的优先级，可以请同事和属下做的，就不揽在自己身上。这使她赢得人缘，也培养了一群能够互助合作的同僚。

最近有人提出"复合智商"的概念，这是指一个人应对高压力、复杂难题以及多重挑战的能力，如果能够在最复杂的情境中镇定下来，找出原则来执行，就是最有成功特质的人。这样的人，在崩溃边缘，会让自己稳下来，思考如何将难题解决掉。

想必，这位聪明的职业妇女在面临先生意外去世时已经思考过了：如果他走了，我又调到冷门单位，恐怕我不会有足够的发展空间，那么，就不会有宽裕的经济来源。朝着思考后的方向走，不让自怜自艾来占用时间。

我们的压力通常不是来自真正沉重的工作，而是因为自己缺乏解压能力。缺乏解压能力，大多也是因为不能信任他人和自诩完美主义而挑剔，还有，总是把简单的事做得更复杂了。

当一只暂时逃走的鸵鸟

遇到僵局怎么办？一般人有几种方法应对：一是硬碰硬，二是逃走，三是假装没看见，四是犹豫徘徊许久。

硬碰硬的人通常不是成功人士，就是革命烈士，他们一身是胆，勇于面对困境。

逃走的人，若走的次数多过于面对的次数，可能连自己都知道自己是个孬种。没有解决的事情，还是像个通缉令一样阴魂不散。

假装没看见，比逃走还糟，心中已产生了自我蒙骗机制，保证自己的系统年久后必然失修。

犹豫徘徊许久的人，大多很有思考能力，却缺乏行动力，是"思想上的鬼魂，行动上的侏儒"。

克服人性本身的惰性

少年时我原来也是缩头乌龟族之一，遇到难以解决的问题，把头一缩最安全，在我缩头的时候，若有人替我解决，再好不过，万一事情没有"被老天爷顺其自然地解决"（其实99％的难题都不会这么容易地解决掉），那就看有没有"强而有力者"出面来帮我解决，最好不要由我来做决定，不要由我撕破脸，不要由我当罪人。

这种习性是存在于人性中的惰性。某些男人遇到三角问题时最明显，明明喜欢新人，再也不想面对旧人，或眷恋旧人，却不知如何对新人交代，明明自有主张，却干脆把头一缩，希望两个女人自己去谈判，当中有个女的会知难而退，就当成了"物竞天择"。

然而在生命慢慢成长的过程中，我逐渐领悟到，逃避不是办法，如果不能称心如意地解决问题，宇宙再大，都是无处可逃。人生路，就好像以前背过的一首东坡诗，"有道难行不如睡，有口难言不如醉，而君醉卧此石间，万载无人知此意！"过了千百万年，也不会有人知道那缩头乌龟到底要前往何方！

面对的艺术

"逃避不是办法，还是面对吧！"——遇到一时无法解决的困境，很想像以前一样当个逃犯时，我的心里已经习惯发出这样的叮咛。

面对，接受现实，其实是第一要务。未必要急着解决，但总得先行面对。

不选择、不面对看起来好像比较安全，其实不选择也是一种选择，不面对也是一种面对，尽管未知的状况确实让人心惊胆颤，不脱离险境，其实最危险。

面对，而不是硬碰硬，闭着眼睛顶着肩膀在暴风雨中往前冲。太勇敢也是有问题的。在还没有完全搞清楚自己的意愿，骤然下决定、做出反应，变成一个直觉的动物，往往也会在心平气和之后感到后悔。

会因工作过劳而死的人，不正是那些完全不懂得逃走的人吗？太尽责、太竭尽所能地和难题正面交锋，不许自己休息一下，周遭的人也跟着神经紧绷。

暂时逃走是种享受

压力的累积是需要一些时间慢慢消散的。折中的方法是允许自己暂时逃走。

当一只把头埋在沙里的鸵鸟是懦夫，当一只偶尔逃走的鸵鸟是艺术；鸵鸟虽然有翅难飞，但到底还是可以轻快地逃离现场一会儿。

和亲密的人吵架时，暂时逃走是门学问。离开火爆现场后，往往会发现：其实事情没那么糟，不值得玉石俱焚。

受不了工作压力，暂时逃走是种享受。只要给自己一个喘息的空当，或一个足以平衡的娱乐，心情就会变好。大部分的难题来自于太想控制全局，暂时抽身，可以跳出自身的思考逻辑。

有时我会在一天两个颇需费心思的工作之间，抽空到健身房跳个热汗淋漓的有氧舞蹈；在无法把长篇小说接续下去时暂时收手，当个闲人逛街、喝咖啡去，不再坐困愁城觉得自己完蛋了；即使工作进度有点赶，我也学会不要竭泽而渔，先让自己睡个午觉再说——这就是我让自己觉得活得游刃有余的好方法。

绷紧的琴弦容易断，松散的琴弦不能弹。掌握了这个诀窍，生活就变得充实而自在了。

当一只拍翅逃奔的鸵鸟，不是懦弱，不算偷懒，只要明白"暂时逃走是为了继续往前走"，也是为了给自己一点缓冲速度。

计划小型的逃走

你知道有多少人常想从日常轨道中逃走吗？

比你想象中的多很多。

可不只是血气方刚的青少年才想要离家出走。

据美国一家电话调查公司对中年人所做的统计，有53％的人梦想离开目前生活的地方，42％的人希望能浪迹天涯，41％的人想离开现在的工作，21％的人想要暂时离开婚姻独居一段时间，14％的人向往婚外情。

照理说，美国人应比我们更加愿意向亲人坦白心事，但是有一半的人承认，他们会一直对亲人隐藏这个"逃走"的欲望，直到不能隐藏为止。

也有人对本地的网络族发出问卷。

本地的网络族平均年龄应该还不到三十几吧，结果只有 1％ 的人后来没有厌倦自己的生活，有 30％ 的人觉得自己应该到远远的地方散心（但未必能成行），有 20％ 的人希望暂时消失让认识自己的人找不到，另外 20％ 的人则"努力说服自己像平常一样地活着"……

只有 20％ 的人，还能找到一个跟日常生活协调的方式：看电影、逛街、爬山、上健身房就 OK 了——这些人应该算是最懂得为自己及时解压的人了，他们懂得计划"小型逃走"。

如果懂得小型逃走，我们的情绪就不会积劳成疾；反之，如果每天为自己画大饼，却继续忍耐着精神上极端饥饿的生活，恐怕在吃到大饼之前，闷烧的情绪压力锅就先爆炸了。

只期盼着某一天能脱离现有压力的人，常忽略了当下的生活品质，也许自己还能忍耐着生活压力，却不免让身边亲密的人感受到表情暴力。

大型逃亡听来总是很美丽的，很多人计划退休后才环游世界，等有钱才要好好享受人生，创业成功才该有娱乐时间，老本存够了才要享清福……这些梦想都理直气壮，但都离寻常生活很遥远，是远水救不了近火。

我曾认识一对勤奋的夫妻，为了他们的伟大计划——在 45 岁时退休，一家子就移民到如诗如画的社会福利国家，两人总是忙到一天说不上几句话。终于赚到了他们认为足够的钱，也移民出走了，没想到不习惯享清福的人，"吃老本"之后觉得压力更大，闲来无事，只好在如诗如画的别墅中吵架，后来还是搬了回来。两人终于领悟到一件事：平常不习惯享受休闲的人，怎可能面对人生闲散的生活？

有了这样的觉醒，回到台湾，两人恢复了工作，也开始定期相约听音乐会、旅行，重拾年轻时被忽略的感情。太太说，早知道日子该这样过多好！都怪以前没人教他们把寻常日子也要过得好，只以为人人都应该为了伟大目标，牺牲一时享受！

平常不能欣赏路边野花的人，到了花海之中也不会迷恋花香。

平日若对美食味觉迟钝，即使面对满汉大餐，也是牛嚼牡丹。

懂得做小型逃走计划的人，才是幸福生活的真正追求者。

我常上健身房，发现和我一起跳有氧舞蹈的人，应该是城市里身体和精神最愉悦的人了，每个人在热汗淋漓后，都露出满足的表情。有人跳完后匆匆赶回去上班，有人赶回家煮饭做家事，当然也有不景气时期的失业族。他们都懂得让生活平衡一下，为情绪找到跳跃的空间。

每一天的小型逃走，就是所谓的偷得浮生半日闲，就算静静地喝一口茶，吃一块巧克力，也是减压的方法。找出适合自己的小型逃走方式，别在梦中不断地描画大型逃亡路线图，才是真正的"活在当下"！

提早，但不花时间等待

提早型可以我的祖母为代表。小时候她带我搭火车，宁可早一个小时到火车站等待。我常为此事跟祖母抱怨："那么早去，火车又不能为我们提早开。"

祖母总是说："如果什么都要刚好来得及，那么就会弄得自己很心急，杀死很多细胞，这样划得来吗？"

我以前很不以为然，那么早去，浪费好多时间，不是吗？直到后来有许多"明明算得很精确出门，赶飞机却碰到塞车，因而差点赶不上飞机，途中因为焦急而口干舌燥"的经验，我才觉得祖母的提早哲学或许是对的。

早去不一定浪费时间

我的祖母是个有条有理、处事谨慎的人。很可惜，那一个时代，女人没法受太好的教育，命运被婚姻决定，英雄无用武之地。

早去不一定浪费时间，那些看似浪费的时间，可以做很多事情。早到的半个小时，我可以在机场的休息室里享受悠闲时光，轻松地喝杯咖啡，看一看女性杂志里头的流行服饰搭配，也可以打开电脑看看 E-mail 或新闻，甚至可以看完一本《商业周刊》或《天下杂志》，这些事情，都比在车上担心时间，差点弄得自己"须发尽白"的好。

你应该听过伍子胥过昭关的故事吧？楚王下令缉拿伍子胥，他逃走的路线必须经过昭关这个险要的隘口，自以为过关时一定凶多吉少，没想到他因为太焦虑了，一夜头发全白，因而，守卫没认出他来，就此逃过一命。

着急，是很多我们不想要的东西的导火线，包括急速老化、精神压力大增、失眠、内分泌失调……长期紧张的人更会变得暴躁、难以相处。

利用等待，完成更多事

精确型的人，自以为很精确，但常陷于人算不如天算的窘境。我曾经做过七年早上九点开始的现场直播节目。刚开始，我自认为算得好好的，早上八点二十分从我家出门刚刚好，八点五十分会到，共有三十分钟可以在车内准备接下来的访问内容，还有十分钟可以复习数据。

当时，我"包"了一辆出租车，心想，这样更能省去把车子开下停车场的时间，是万全之计。（这个盘算没错，因为我统计过，多年来在我的现场节目迟到的来宾，都是卡在把车子驶入"陌生停车场"的时间中。）

后来发现，有时一出门口就塞车，八点五十分还在途中，肾上腺分泌大增，我只能慌张地看着外面的车流，祈祷车速能够快一点。心中焦急时，根本不可能阅读任何的资料。

更严重的是，我的司机也是个很性急的人。性急的人多半想尽责，当他发现我可能迟到时，他就无法控制地开始喋喋不休，责怪旁边的车子不会开，或是反复念着：应该不会迟到，应该会刚好到……使我更加焦虑。

后来，我调整了时间流程。首先，要求执行制作在前一天要把来宾和访问大纲做详细的告知。如果我对那个来宾和访问内容很外行的话，前一天正好可以运用神通广大的网络搜索来恶补自己的知识。然后，把明天要穿的衣服准备好。

七点半起床，我可以从容完成家里的浇花，喂猫、鱼、乌龟，清猫砂等工作，七点五十分，司机按门铃，就算稍有耽搁，八点也能出门。实验七年来，我从来没有再迟到过，而且可以有非常多的时间以平和从容的心情准备访问内容。

说来，只不过早起了二十分钟而已。

过度精确，不如稍微提早。

千万要打破自己心里"大牌得最晚到"的误解。

提早，也可以不要花时间空等待。那一段等待时间，可以利用来做你想要做的事情。

星空下掉落的浆果

有两个夜晚，我们在星空下作画。印度冬季干爽温润的风，使我的感觉像一块块在口里溶化的太妃糖一样甜美。作画的时候，"镜子"老师请来一个乐队，中提琴和古老七弦琴的声音袅袅环绕，歌者吟咏着没有语言脉络的诗篇。

她要我们画夜晚的风和树。

我选了一个僻静的地方，点起了几盏烛光。

实在不知道自己应该从何下笔，我没有画过夜晚。在台大念法律系的时候，为了逃避在刻板条文中逐字敲的压力，我花了不少时间在一个私人的水彩画室里。

一直记着自己是个"优等生"，就看不到真正的自由自在

在想逃离刻板无味的生活时，往往掉进另一个刻板的陷阱。我汲汲捕抓着静物方寸之间的光影变化、比例与景身，果实的纹理及布幔的细微皱褶。

往往花了好几天，才完成一幅静物水彩，腰酸背痛疲惫的我固然得到成就感，然后，心里浮出一个问号：

如果你要画得那么像，不如就去学照相，不是更快吗？

刻板的其实是自己年少的心。心中蠢动的能量在各种无形的栅栏与框架中烫热滚动，想找出口，却还是坐困迷宫。

想求好心切，不断地讨好着所有约定俗成的规范教条，一味讨好着现实存在的影像与是非黑白。一直记着自己是个"优等生"，就看不到真正的自由自在。

年少时的水彩画还挂在老家的餐桌旁，后来再看到它们，我总会对自己微笑：看！那压抑的线条就是昔时心境最贴切的写照。

我从小喜欢画图，但并没有任何惊人的天才，只是喜欢。这是事实，并非自谦。

如今我对自己说：我又不靠画图当饭吃，我对于如何挥洒画布，有绝对不须讨好的自由，又何必"应该知道从何下笔"呢？若是自由，就没有范本。

因为不甘心，所以有各种可能性

在月光悄悄从散状云层露出笑脸的时候，在七弦琴与歌声乍歇的时候，我将深蓝色的墨水泼洒在潮湿的画纸上。

我有喜欢的自由。至于身边来回的观画者是不是看得懂，是会笑还是皱眉头，不关我的事。

平常已有太多"应该"，使人透不过气来。如果处处守着"应该"，我的人生就如西西弗斯，日复一日地推着那块应该掉下来的石头，只要一息尚存，就是宿命，连痛苦和快乐都分不清。

我不甘用一生当那样的人，所以我四处寻找各种可能，所以我在这里。

我在这里，体会"为学日益，为道日损"，放掉某些被我自己用来挡住自己心灵之路的闸门。

星空下微风中，我离纸三寸，像姜太公钓鱼一样，洒上红墨水作为迷离星光，以白色描画百年榕树仍在成长的强壮躯干，叶子们仿佛芸芸众生，在黑与紫的浑浑噩噩中低语。

风吹来，树上不知名的果实啪啦啪啦打在我的画纸上，暗褐色的浆汁一起加入颜料队伍。有些丑陋，但，可以接受。

这一夜我没什么成就感，但睡得十分安心。

勇敢做自己

二十一岁当红之际就因结婚而宣布急流勇退的山口百惠，至今已经四十七岁了，距离她退出影坛，已有二十六个年头。

她的故事一直是日本演艺圈最清高的一则传奇。二十六年来，不管广告厂商和电视公司捧了多少钱求她，她都不为所动。虽然，她的丈夫三浦友和在影坛上发展得并不如预期中顺遂，虽然，狗仔队从不放弃追踪，她还是在纷纷扰扰的红尘里，坚持着她的第一志愿——当一个相夫教子的老婆、两个孩子的妈。除了参加儿子的毕业典礼之外，几乎不愿意面对任何相机。

　　最近，网络上流行一张山口百惠的近照，据说让她的影迷们心碎。那张照片里的山口百惠，无关依稀清丽，但体型已不再清瘦，如果只看她的背影，应该和平时会提着菜篮子上市场的五十岁欧巴桑差不多吧。有位三十岁左右的男性友人，曾是山口百惠迷，算来百惠是在他上小学时就退隐江湖的，然而多年来他却对百惠的歌曲和电影如数家珍，看到百惠发福的照片，辗转不能成眠，感叹道："唉，我的梦中情人形象全毁，令我如丧考妣！美人迟暮，真凄凉！女人不管活到什么年纪，都该注意自己的身材才是。"

　　我笑道："请别太苛求，近五十岁的女人，这是正常体型。百惠敢在二十一岁时退休，表示她是个勇于做自己的女人，不想再向影迷交代，现在，她当然也有发福的权利，何必为自己的体重跟影迷交代！"

　　崇拜山口百惠的人很多，包括我在内。但我敬佩她的理由，可能不太一样。很多人都以她在极盛时期愿意回到家庭相夫教子来赞扬她的成就，认为女人就应该要以她为模范，不要有任何事业心才好。事实上，这与经济能力和日本很早就对于歌手版权有完整的保护有关，如果山口百惠生活在台湾，如果她的丈夫没有和她一样愿意为家庭负责任，百惠不可能二十多年都没有想到复出。

能够完全不眷恋工作，也与她的个性有关。山口百惠在破碎家庭中成长，从她小时候，生父就外遇不断，在她成名后更多次向她索取金钱。不堪其扰也是她退出演艺圈的原因之一。没有享受过家庭温暖的她，立志以建立家庭幸福为第一志愿。

我敬佩山口百惠的理由，在于她勇于过自己想要过的生活。虽然，演艺圈如同黑社会——想要金盆洗手，还是逃不了许多眼睛的监视和纠缠。

百惠早已不必在屏幕上向大家的眼睛负责，变胖，是她的权利，也是她要的幸福，或许走样的身材才可以稍稍摆脱影迷的痴情眼光！

也许不舒服，但是不遗憾

是的，旅行并不总是很舒服。

哥本哈根的日出

我在哥本哈根一张柔软的床上辗转难眠。

从台湾飞到这里，经过转机，至少十七个钟头，到哥本哈根时正是黎明时分，我马不停蹄的开始在街上闲逛，又是十七个钟头过去了，身上最后一分力气都蒸发在北欧湿冷的天气里，而我竟然无法乖乖进入梦乡。

　　不是床的问题。这是张上等的好床，恰巧像一个刚刚出炉的手工山东馒头，值得歌颂的柔软度。我身处于哥本哈根最时髦的现代旅馆之一，出发前两天，我才在网络上订房，这家只收三星级价格的四星级饭店吸引了我。广告照片上，金发的模特儿坐在大厅里头的名牌现代家具上盈盈笑着，仿佛对我说：来吧，宾至如归哦！

　　我没想到，它离市区那么远。

　　也没想到它就在一条快速道路旁，不管用多厚的隔音玻璃和多么昂贵的装潢巩固它的神圣不可侵犯，入夜时，躺在这个充满可爱家具的城堡中，仍然像露宿在马路旁一般。

　　噪音震耳欲聋。虽然丹麦的驾驶人并不习于乱按喇叭，但是只要有一辆私家车滑过旁边的马路，我就像个在后场休息的木偶，又被顽皮的孩子拉住了线一般惊醒过来。

　　我是个对声音特别敏感的人。不像有些人，想睡的时候就可以像关收音机一样，关掉自己的耳朵。

　　我中计了。网络世界向我证明了它的真理：物超所值必有原因。由于已经预付了一些钱，我还得在此停留两晚。这只是活受罪的第一夜。

我忽然想起《一千零一夜》里头那个可怕的君王，他只和女人过一晚，第二天就大发脾气把她推出去斩了，直到有一天他娶了一个能够每晚都讲故事给他听的妻子。

他一定也有失眠困扰吧，所以才那么暴躁。我忍不住诅咒起这间虚有其表的旅馆。

真可笑啊。我对自己说，本以为北欧人少，我可以来此寻觅一点天空地旷的宁静，没想到竟然得被迫倾听噪音入眠。我气喘，喝了一杯威士忌麻痹自己，才酝酿了一点昏昏欲睡的情绪，不过，天未明时，我的神智又清醒过来。路上的载货车辆越来越多，噪音越来越响。

踱到窗前，正巧看见远方天际从深蓝变粉紫，而朝阳出其不意地把灰色的云霞转成鹅黄，然后是几道亮黄的天光，像沙漏一样直直流泻下来，投射在远方大地蒙蒙的雾气里，传说中的"太阳柱"奇观，应该与我看到的景象相去不远吧？

虽然不舒服，但是不遗憾。

北非幽灵列车

在北非，从马拉喀什到卡萨布兰卡，搭火车要四个多小时。

火车的班次不多，为了怕没有位子，前一天我就到火车站买票，售票员用电脑打出了我的车票。"早上七点，一定要准时来哦。"看来精明利落的他用不错的英文对我说。早上七点，要叫到计程车有点困难，拖着行李长途跋涉到了火车站，七点多，火车还没有来。等了老半天，我决定拿着火车票到站务室一问。站务室的老先生人很和气，但只会讲法文，我请他讲慢一点。

"火车要九点才会到。"如果我没听错的话，他是这样说的。

一口气慢两个钟头吗？我以为是火车迟到了，只得呆呆地站在暮色未散的月台上，看着月台中间结实累累的橘子树发呆。真是世界火车站奇观啊，月台中间的橘子树竟然也可以长出一树饱满的果实来，有的掉落在地上，无人摘取。我其实很想偷摘一个，但因胆小不敢下手。这不是个富裕的国家，有果实没有摘，一定是有些禁令吧？搞不好会被视为小偷……

就在我犹豫不决的时候，黎明慢慢降临，火车也慢慢开进了月台。我第一个上了火车，找到属于我的包厢，正想补眠时，有旅客鱼贯进入，其中一个对我说："这是我的位置。"

我一头雾水时，刚好有服务人员到来，出示车票给他看，他拿走了我的车票，笑说："这班车今天没有，等我一会儿。"

仔细研究后，我才明白，前天那位用"电脑"打出车票的售票员，显然卖给我一张今天根本没开的"幽灵列车"车票。这天是宰牲节，根本没有早上七点钟出发的火车——那么，电脑系统怎么可以输出一张"虚无"的票呢？答案就是，这里的电脑只是用来打字的，真正的算计还是人脑。

真酷。一等车厢是包厢式的，有包厢被塞进八名旅客，有的空无一人。我有幸拿到"幽灵列车"车票，所以被安排到没有人的包厢。火车经过无数绿野，正是初春时节，平原上满是绿草与野花，四个小时的车程，一点也不寂寞。火车上的热咖啡和可颂面包，带着淡淡的法国味道。

历经折腾的我，在火车规则性的律动中，好像是个寻找桃花源的摇橹人。

虽然，我后来发现我的目的地卡萨布兰卡并非想象中的桃花源，而是另一场冒险。不过——

也许不顺利，但是有意思。

习惯淡季旅行

我常常听到许多人在抱怨他们参加的旅行团。

　　我碰上的插曲并不少，但抱怨较少，因为几乎都是自己上路的。旅馆也是自己上网选的，与其怨天尤人，不如怪自己。这叫做"求仁得仁，又何怨？"可不是被迫成仁的。

　　而自己也已经够受罪了，所以也不忍责备太深。好在统计起来，好运时形式比倒霉时多，而自觉运气不够好的时候，总能从某一个方面把失落的心情弥补过来。

　　其实那也是心态问题，因为我知道旅行中总会发生一些意想不到的事情，所以当倒霉的事情发生后，我总会心有不甘地问自己："快，快，一定有些可取之处吧。"披沙拣金之后，多半可以让自己的心情有柳暗花明的感觉。

　　旅行中当然有纯然不快的记忆。不过，它也会为人生的精彩冒险多添一笔。

　　这么多年来，是旅行让我从一个怕黑怕孤单怕蟑螂怕坏人怕陌生的床的懦夫，变成一个"山不转路转"的人。

　　一个相信自己的人。

　　一个勇于实现梦想的人。

　　一个随遇而安的人。

　　一个独处时也可以微笑的人。

一个可以在忧郁中嗅出美感的人。

一个在快乐时仍会有清明脑袋的人。

一个挫折恢复力很强的人。

一个渐渐懂得洞察人心的人。

也是一个习惯在淡季里出游的旅行者。淡季中，在人群稀落时，在灯火阑珊处，可以用最少的力气，享受最大的空间，捡拾最多宝藏，呼吸最新鲜的空气——

我明白，就算是人生的淡季来临时也一样。

只有在一个人旅行时，才听得到自己的声音。

某种声音会在你离开所谓正常轨道后才出现……

它会告诉你，这世界比你想象中宽阔，

你的人生不会没有出口。

你会发现自己有一双翅膀，不必经过任何人的同意就能飞。

Part4

做一个有梦想的女子

遇见·做一个明媚的女子

我也发现，在往上坡走时，就会过日子的人，在偶尔走下坡的时候，也能心安理得地过生活；在发达时不会过生活的人，在衰敝时也很难学会过生活——在不景气时学会当浴火凤凰，才不会愧待真实生命。

追求梦想，永不嫌晚

有则与求学相关的新闻，让人感动。

一位九十五岁的老太太，创下了世界上最高龄的大学毕业纪录，从堪萨斯州立大学毕业了，与她二十一岁的孙女一起领了毕业证书。

九十五岁的大学毕业生

老太太的丈夫在她六十多岁时去世了，当时她就开始在大学修课，修了三十多年，终于到堪萨斯州立大学修足了最后一堂课，拿到了历史学位。

自从这个"世界纪录"传出来之后,有记者跑到校园里去"堵"她。看见白发皤然的老太太拎着一只装着书的布袋,缓缓走下走廊,校园里每个学生都认识她,跟她打招呼。记者问她感想如何?她说:"我跟别的学生没两样呀,只要你别管我几岁。我心智清楚,身体也没问题的。"

九十多岁才从大学毕业,学位证书对她的功能性意义不大。但是,看来精神抖擞、享受求学生活的她,带给人们最好的启示是:一个人不管多老,只要有梦想,还是可以活得很好。

华人世界向来不重视老人的梦想。只觉得老人最好的"归宿"就是存够退休金、回家闲闲、含饴弄孙。老人如有梦想的话,也只剩下了出国走走(通常也无法一个人说走就走),等待孙子出生后,再等待孙子上大学,然后,再等待曾孙出生……

在我看来,人老之后,多数的梦想,都寄托在别人身上,很少要靠自己的努力达成。

我想，没有一个梦想家不会为这样的事迹感动。为一个梦想而尽全力，是人类最洁白坚贞的情操之一。

是的，每个领域的探险家，都以最新鲜的血液，提供了世界巨轮往前滚动的燃料和动力。

"南极好玩吗？"很多朋友在我回来之后这么问我。

真的很难说出"好玩"两个字。许多时间在冗长的转机中消耗，许多行程在漫长的等待中度过。南极离"玩"字很远。

但又不叫冒险，因为不及先烈们冒险程度的千分之一。

与一般南极破冰之旅大不相同的是：我搭飞机到南极，所以更深入南极圈，更快捷，但必须等待飞机可以起降的天气。

登陆南极是必须经过申请的。为了维护南极的环境，每天获准登陆的游客不到两百人。一位跟我一样发神经、立志要去南极的朋友，运筹帷幄许久，才弄到几个名额。当他打电话给我，问我："只剩一个名额，要不要去南极？"我轻易地在三秒钟之内答应了。

做大决定不假思索、做小决定十分犹豫，是一种"失败者性格"。但我一直如此。

人生不可以没有梦想

梦想一放在别人身上，与自己的实践力无关，常变成无法掌控的奢求，或是别人的困扰。自己也没有办法活得兴致盎然。

台湾最著名的一位追求梦想的老人家，首推王永庆。他老人家那么努力，绝对不是因为他的钱还赚不够。意志力与行动力，让他的心和脑一直保持在应战状况，他应该也没有办法想象，如果自己失去了"下一个目标"或挑战，人生还有什么意义。

现代人受了理财杂志的影响，一到三十岁，只想要存够钱退休，并没有想到，是否有一个梦想，值得终生追求，或是，是否有一些小小梦想，在年老的时候，他真的能贯彻意志地做，让他在浑然忘我时，仍然像一个热血青年呢。

美丽脱口秀天后奥普拉说："我们可以非常清贫、困顿、卑微，但是不可以没有梦想。"这句话也可以改为："不管一个人多么清贫、困顿、卑微或年老，都不可以没有梦想。"只要人生还有一点时间在，梦想让人活得久又活得好。

南极，我和梦想有个约会

为什么要去南极？

在我出发到南极之前，好多人问我这个问题。答案啊答案，在无知的风里。

又或许，藏在十万里外从未解冻的冰雪里。

我就是想去南极。

并不是因为我已将世界走遍，而是除南极无处可去。

并不是为了在我的地球仪上增加一个纪录，好向别人夸口：看，连这么远的地方我都去过！

所有还没有去过的地方对我都有吸引力。所有的未知，都是一坛封口完美的蜜酒。开封之后滋味也许苦涩，但我也不会懊恼自己曾取一瓢饮。总之，远在天涯海角、还没有被任何国家以冠冕堂皇的名义占领的广漠大地，总是在召唤我。

因为遥不可及，所以容许各种想象。

这么说吧，我是个冲动的人，我的"想"与"做"之间，距离都不太远。其他的国家，只要我有空，并不需要"想"太久，很容易去。只有南极，似乎十分孤绝、饱含神秘、令我心动。

它像一个我暗恋很久的情人。

至于去那里做什么、那里又有什么、好玩吗，好像并不重要。

暗恋那么久，就算只有一夜情，即使没有明天，都没有遗憾。

我的心中潜伏着一个亡命之徒、一个冒险家、一个永远没有被治愈的梦游者。

南极是我的梦想

南极是一个梦想。梦想似乎总比理想对我重要。对于梦想，我较不迟疑。想去南极的梦，或许来自于小时候读过的南极故事。

童年曾经打动过你的故事，会影响你一生。它是一枚种子，即使尚未看到它进出绿意，也老早在心里生了根。

二十世纪初，大部分的领土已经沦为所谓文明国家的殖民地，被冰雪封藏的南北极成为最致命的挑战。好多冒险家，在那个讲求以生命换取荣光的年代，此仆彼继，想要在南极插上国旗。北极点被征服之后，南极成为最严酷的比赛场地。

南极不只是冷而已，它也拥有世上最高的高原、最干的天气和最猛烈的风。冰风如刀，这一点，我到了南极才亲身体会到，尽管我抵达时，应该算是一个"炎热"的夏季。在冬季，太阳完全打烊，史上最低温度竟然接近摄氏零下九十度。

当时最杰出的两位角逐者，是英国探险家斯科特和挪威探险家阿蒙森。他们争着要到举头望去全是北方的南极点，几乎在同一时间点出发。

斯科特是个仁慈的英国绅士。刚开始时，他的队伍有六十五人，带了十七匹西伯利亚小马和三十条狗。

阿蒙森的队伍只有八个人和八十六只爱斯基摩犬。

他们都做了很久的预备工作，建立补给站——路途遥远，连返回的路程也是艰难的考验。

南极的气温在瞬间就可能大变脸，暴风雪时，一天走不了两公里的路。

1911 年 12 月 14 日，轻装便捷的阿蒙森和四个伙伴抄了险路到达南极点，插上挪威国旗。途中，为了食物补给及减轻装备，他遣返了三个队友，也射杀了多余的狗。之后，又花了九十九天，才回到一千多公里外的安全补给站。

斯科特没走得太急，他还想为国家带回一些科学研究的资料，也殷勤地搜集化石、探勘地质。

他比阿蒙森迟了三个星期出发。选择西伯利亚马为工具，是他犯下的一大错误。马蹄会深陷在冰雪之中，狗不会。狗没有汗腺，也可以在夜里躲进帐篷休息，马儿却只能一直站在外面忍受风霜雪雨。没多久，小马一匹一匹倒地，在风雪中瑟缩而死。起初，仁厚的他还坚持队友不许射杀这些疲惫不堪的忠实伙伴，使粮食短缺问题更显严重。

1912 年 1 月 17 日，斯科特在零下三十度的强风中，和四个队友千辛万苦地抵达南极点。残忍的是，他发现了阿蒙森的挪威国旗！阿蒙森还留下了小帐篷，也留给可敬的对手一封信，要他们好好享用帐篷里多余的食物。

成功抵达南极点，却败给竞争者。这种滋味应该很难形容吧。

回程比来路更艰巨。队友伊文斯先支撑不住，在雪地中丧失生命。

而刚度过三十二岁生日的队友欧特斯，双腿冻伤，毫无知觉……

这个故事中，最感动我的并不是阿蒙森和斯科特，而是欧特斯。

在返程的第六十天，四人已疲累不堪，又面临粮食短缺的问题。欧特斯写了一封信给母亲，然后走进零下四十度的风雪中，再没有回来。他默默地主动结束了生命，把食物和生存的机会留给了他的队友。

剩下的三个人却也在暴风雪的刁难下，在距离安全补给站只有十七公里的地方被困住了，食物、燃料用尽，死神在帐篷外等候，斯科特写了十二封动人的信给亲人、朋友和英国。

就这样，他仍然默祷"天佑吾土"，直至吸进最后一口南极的空气。阿蒙森虽然成为第一个登上南极点的探险家，随后又架飞船横越北极，却也在某一次北极空中搜救行动中丧命，也一样把一生献给了最洁白的两极冰雪。

对探险家而言，应该是"求仁得仁，又何怨"吧？

智利百内国家公园

三十八小时的飞行，我们搭乘的智利航空像每站都停的巴士。我正在考虑是该劫机或跳机时，好不容易到了智利最南方的都市普塔丽娜（Punto Arenas）小镇。

在拜访南极之前，我又忍受了颠簸到无法想象的十二小时碎石子路车程，环绕了智利百内（Paine）国家公园一周。在忍耐力快到极限时，看到一群野生羊驼低头悠悠吃草，真觉得造化弄人。

虽然，风景很是壮观：雪在山巅，而山巅划入白云之中，天空地旷，瀑布雄浑，湖水湛蓝。只是十二个小时内举目望去，风景一致性极高，再加上恐怖山路的刁难，以及阳光荼毒的鞭打，实在是一种苦刑。

我如此形容被联合国科教文组织列为世界自然景观保护区的百内国家公园，似乎不太有良心。听说百内的星空最美，可惜我无法在那里露营。

第二日又搭船游百内，虽然冰河峡湾的风狂傲如刀，但行程舒适许多。离想象中的冰河那么近，让人惊心动魄。饱含着海水颜色的浅蓝色巨大冰锥，从山顶处推推挤挤溜着滑梯慢慢滚下来，像一群穿着白制服的小学生。

他们说这巨大冰原中绿意从没这么多、冰从没这么少过……地球的暖化真的已经很严重了。

有几个晚上，我住在冰河怀抱中的纳塔莱斯（Puerto Natales）小镇。它是个有野兽派色泽的小城——所有的树都被剪成儿童画里的棒棒糖模样，猫狗在道路上自在地溜达，所有的房子都穿上拉丁美洲热情的色泽。游客虽然不多，但显然比当地人多很多，总有情人在街上依偎散步。虽然烈日当头，天气还是诡谲难测，这一刻风如轻吻，下一刻飞沙走石。

夏季，智利的太阳十点以后才下山。八点时的"黄昏"最为艳丽，像火球一般斜斜滚进每家每户的窗子，寻常角落也变得容光焕发。此时拿起相机最是享受，处处都可捕捉奇妙光影。

我一个人在街上散步，只要看见一间可爱的酒吧，便闪进去喝一杯智利的国酒 Pesco Sour——带着强烈的柠檬酸涩味、又甜又酸的白色鸡尾酒——在疲惫的国家公园行程中享受一丝清凉的感觉。

南极一点不好"玩"

到南极的乔治王岛，还要从普塔丽娜搭十人小飞机，飞行四个多小时。驾驶员技术极佳,虽然在极地狂风中飞行,可飞机尚称平稳。我的运气不坏,并没有尝到旅游书上以"云霄飞车"形容的极地飞行。

不过,机上没有厕所,让人连水都不敢喝。

飞机一降落到南极,我的第一个感觉是"怎么会这样?"

黑砾石满布的地面,分布着几间货柜改装的铁皮屋,看来像个废弃的矿坑。飞机场也仿佛是世上最穷苦的小学才会有的操场。

我住在智利科学站的铁皮屋,所有的配备是一只睡袋、一个小小暖炉。没有厕所,不能洗澡,晚上整个人冷得像个冰柜里的硬面包。

食物只能以"难以下咽"形容,烂糊糊的意大利面和披萨实在让人反胃。有好几餐我靠着椰子饼干和咖啡果腹,这使我的体重不经意得变轻了,算是无意中的收获。

只有一餐在长城科学站的盛情招待下,吃得十分丰盛。科学家比我们苦得多,他们搭船从祖国来此,已婚的一两年都看不到妻儿,未婚的看不到女人。"从上海到南极船程要两个月,船总在剧烈晃动,比下地狱还可怕。"他们说。

不过,饥寒交迫与不能洗澡都是值得的。在这里,我幸运地碰上了一个好天气的黄昏（运气不好的话，每天伸手不见五指，想要走到海岸，简直和斯科特回程的路一样艰难），企鹅们正在集体相亲，而海豹则孤独地做着日光浴。

我遵照科学家们的吩咐，不要踩到一年才长一厘米的苔藓与地衣，小心地在海岸上慢走，不断拿起相机。即使看起来晴空万里，风仍是冷酷的，为了拍照而裸露的手，仿佛不断被小刀刮伤似的。然而，无可抑制的幸福感，仍然源源不绝地涌上心头。

走着走着，我不禁哑然失笑，这南极跟我想象的不太一样呀——我想象中的南极，是欧特斯壮烈地走出帐篷，消失在茫茫大风雪中的南极呀……

我小时候认为英雄一定要那样死才值得，也不认为人应该活超过三十二岁（那时我只有十二岁）。我觉得人应该在三十二岁那年，像欧特斯一样，为了圆一个梦想而牺牲，默默走出去，永远沉睡在最冰冷的南极，没有人找得到他永不腐化也还没长太多皱纹的躯体。

哈哈哈，如今我贪生怕死，当然不这么想了。

极圈气候暖化，让我连企鹅站在冰原上的照片也拍不到，和欧特斯的南极也天差地别。

南极好玩吗?

我想我该这么回答:南极一点也不好玩。如果,你把它想象成令人目不暇接的游乐场。

对我来说,只是一次小小的圆梦经验。一次,也就够了。我想我应该不会再来自讨苦吃。

不过,我多么珍爱一个人在这天之涯、地之角"望断天涯路"的感觉。遥遥路程中,熟悉的世界离我好远,而梦想离我很近。

每个人的心中都有一个"南极"——它可能是一个没有人触及的世界、一个遥不可及的梦想,或是一个永远不可能的情人。

到了南极,我的心中也还有另一个南极,或无数南极。所以,生命那么值得贪恋。

别怕女强人

直到现在，我还常常听见女人用负面语气形容"女强人"。

甚至，很多实际上的女强人讲起"那个女强人啊"，语气中也常夹带着浓厚的贬抑味道。更害怕别人用"女强人"称呼她，好像一冠上这个词，就让人讨厌。

当女强人有这么糟吗？好像女人一跟"强"字扯在一起，就一定会像把利刃，事事强出头，让别人避之惟恐不及似的。我还做了一个粗略的估算，对"女强人"三个字的恐惧感，和女人的年龄成正比。年纪越大，对"女强人"的成见越深。

不该歧视女强人

有一次，和一位女性专家同上节目，听她批判"那些女强人都是外表坚强，内心非常脆弱"时，我忍不住提醒她："不是所有的女强人都是那样的。我们不可以把女强人都定义成外强中干、婚姻一定不会成功的女人，这样是在宣扬'只有男人才能成功'的思想，也是在泼年轻有为的女孩冷水哦！"

为什么我们总是对"男强人"双手合十膜拜，不管他是多么的独裁，好像男人一强才是英雄，对女强人却面色鄙夷，连所谓的专家都不例外？

我也听过一位大不了我几岁的女性演说家理直气壮地告诉听众："我们女人在外面可以当女强人，在家一定要当小鸟依人的小女人。像我，别看我身材高大，我的内心里可是小女人哦！"

她也害怕"女强人"三字和自己的形象画上等号。

还给女强人漂亮的解释

现代女人对"女强人"一词的恐惧，其实代表着：女人还非常害怕成功，害怕自己变成一个独特的人。一强就没有男人敢爱。

传统上对女强人的定义都不太好，偏向外强中干、个性跋扈、脾气很差、相貌刚硬、婚姻不幸。我的朋友中就有好多杰出女性：婚姻幸福、长相秀致、沟通能力和慎谋能断的魄力也让人佩服。

我想还给女强人一个漂亮的解释。

我觉得女强人是指能够独当一面、对自己的人生有主张、有本领让自己活得好的女人。不管她做什么工作，总能善尽其职，有追求梦想的能力，活得也精彩亮丽。

现代年轻男子已经有眼光欣赏这样的女强人。

可不要误以为，当个小女人就能赢得男人怜惜。其实最容易在感情中失利的女人不是女强人，是心灵上的聋哑女和盲女——不会和男性沟通的女人、唠叨不休的女人和老是找错男人的女人。这样的人，该刚强时不刚强，不该刚强处偏刚强。

我愿当女强人，不当女弱人。

真的女强人是自己活得很有力的女强人，而不光是别人看来很强的人。

前者是身心合一的修炼，后者只是虚荣做表面。

储存幸福存款

有一阵子，阴雨连绵，雨从灰苍苍的天空不断地落下，有耐心地四处泼溅着。至少有两个星期的时间，我感觉自己像一把酱菜，被浸泡在暗无天日又充满酸腐味的冰冷陶罐里。

那个时候，刚演完一部舞台剧。这是我人生中莫名其妙攀爬的喜马拉雅山之一。记不完的台词像一条漫无止境的蜿蜒山路，女主角在悲喜与疯狂间摆荡的情绪像不时刮起的暴风雨。第一次挑大梁的我像第一次爬山就得了严重高山症的旅人，足足有三个月的时间，日子过得有点喘不过气来。

喘不过气来，是轻描淡写的说法。应该说是，压力大到让我觉得举步艰难，食不下咽。

夸张一点，也可以说自己生不如死。

而所有的例行性工作，像电视录像、广播和演讲及手上的专栏，都必须如常进行。有好几次，我觉得自己无法胜任，想要向导演请辞，可是，海报已经都印出去了，连广告都上档了。我在情绪的临界点徘徊，却明白自己一点也后退不得，因为，我已经被逼上梁山。

既被逼上梁山，就得当英雄好汉，就算战死沙场，也不能不战就投降。

我知道，我自尊心太强、责任感太重，这是优点也是缺点。不得不求好的事，一定得认真；不得不认真的事，一定得求好。

在排练的过程中，我已经听见一个声音对我说：如果你真的想要入戏，那么，这个角色搞不好会导致你精神崩溃，它将血淋淋地揭开你一层皮。

日日折腾，磨了三个月，只演四场戏。我尽力了。也有人不吝给我掌声。

当我面对人生最灰暗的时期

本来以为，庆功宴之后，我就可以像以前一样，除了工作时间和写稿时间之外，在情绪上回复我行我素的自在。

但情况比我想象中还糟。

我得先解释一下我演的角色，那是五十年来全世界最经典的剧本——田纳西·威廉斯的《欲望号街车》，这个叫做白兰芝的角色，费雯丽曾经演过。这个角色并不是一块容易下口的蛋糕，敢演的女主角根本是在吞金自尽。

听说，费雯丽演这个角色之后，足足有半年的时间中了"白兰芝魔咒"，几乎得了忧郁症……剧中这个叫白兰芝的过气美女，是个无法接受现实的家伙，年华不再，她只有靠酗酒、说谎来逃避现实，以求避免正视自己的悲哀；在那个时代，除了找个男人娶她之外，她的人生没有别的出路了。

为了虚伪的尊严，她不惜说尽各种谎言，最后连自己都不知道什么是真的，什么是假的。

在我过往的生命历程中，我一直努力克服挫折，当一只打不死的蟑螂。可是这个角色，却一直逼迫我面对自己的另外一面。

　　我想我的心中也藏着一个白兰芝。害怕年华用尽、青春不再，爱面子爱尊严，害怕孤寂，多愁善感，也有一些企图在众人面前隐藏的性格阴暗面。

　　我只是比较愿意诚实，不想活得太虚伪。

　　可是内心深处、潜意识的深处啊，白兰芝仿佛挖出了我心灵沼泽中埋藏在底层的一片潮湿黑土。这个永远在逃避自己年龄的白兰芝，有一种既脆弱又强硬的力量，逼迫我正视自己生命中被隐藏的可能：虚荣、自以为是、渴望被看重、与现实格格不入且自视清高。

　　那也是我。另一面的我。

　　如果我没有走对路，那必是我。

　　演完戏后，我没有想到，我竟然很难从那个阴暗的角色脱离。

　　我太认真，总是太认真。认真跟认同常是一回事，所以我好像陷入泥浆里，难以将自己从那个角色中拔出；我以往的沉稳被一种不安所取代，变得易哭易笑，几乎有点歇斯底里。

　　我开始负面思考，怀疑自己的人生即将走到穷途末路，而一切努力将会徒劳无益。

极端的敏感和忧郁在我灵魂里骚动着。我成天唉声叹气、沮丧疲惫，对平素热爱的各种活动都兴趣缺缺，好像快要踩进忧郁的门槛了。

多年来，我未曾有过如此灰暗的时期。本以为它会像飞鸟一样疾疾飞过我的天空，而它竟像候鸟一样停了许久许久。

其实那种阴郁的感觉虽不熟悉，但不陌生。我在青少年时期，也一直有张忧郁的脸——每天都在担忧天会塌下来的脸。哀歌就写在我青春的眉宇之间。

拯救我的幸福存款

真正拯救我于危难的，是我的幸福存款。

我存了很多年的幸福存款。

后来，我去了南极。去南极是个漫长的旅程，和我们的距离，几乎是举世最长的距离。在那个天之涯、海之角，最孤寂苍凉的地方，我感觉，我的心情一点一点在变好。慢慢的，又从灰色转为缤纷色彩。

我的幸福存款是什么呢？

是一种欲望，想要变好的欲望。想尝遍这美丽世界新鲜事的欲望。不想埋没自己的欲望。

是一种梦想。用自己的力量活得更好的梦想。想让自己的能力挥洒自如的梦想。想要在自己的舞台上得到掌声的梦想。

是一种提醒。我告诉自己：任何暴风雨，你都会度过的，只是时间问题。你要有耐心，也要有足够的勇气。我总是不厌其烦地鼓励我自己。

幸福存款里，有我尽的每一份努力，有我用过心的每一份友谊，有我热烈追寻过的爱情记忆，有我花了心血做好的每一样工作、学过的把戏、喜欢的每一件事情、欣赏的每个人。我的幸福存款里，幸福资金像瀑布一样的澎湃，只因我都认真过、尽力过。所以我多么地爱自己身处的这个世界啊。

我曾说过一句自己也很喜欢的话：每一种幸福的背后，都有一个咬紧牙根的灵魂。

是的，我也有个咬紧牙根、永远好奇的灵魂。

是这样的东西，驱动我去演了这种使我如中魔咒的戏；也是这样的勇气和莽撞，带我到我梦想中"一生一定要去一次"的南极。

至今我是个不怕冒险的人，一个可以很实际却又很不切实际的浪漫梦想家。这样的动力，来自于我的幸福存款。

我始终相信，每个人都得有自己的幸福存款。

幸福存款簿没有任何继承来的财产，每一分、每一毛，都得要你花了心思费了力，才能存得进去。

幸福不是中乐透，不是彗星撞地球般的意外与偶然，你不会透支的幸福，平时就得好好储蓄。

每一个没有完成的爱情故事、每一次相遇、每一段相处，甚至难堪、破灭的失恋经验，都可以是一笔存款。

如果我们能在里面全然付出、细细品味、渐渐成长。

纵然心碎。

零存可以整取。而付出后你仍须源源不绝地存入，才不会在需要的时候左支右绌。

面对各种人生挑战，有时会被空虚黑暗的力量紧紧抓住，但多么庆幸，我拥有一大笔幸福存款供我提领，尚未超支。

愿你也有一笔属于自己的幸福存款。

害怕寂寞就不要追逐梦想

追逐梦想，必定要独立面对不同的挑战，如果不能克服对寂寞的恐惧，就永远无法跨出第一步。

三十二岁的她，自认为理财零分，工作了十年，薪水不算少，却没有存下钱，户头里只有几千元。但这已经是十年来的最佳状况了，两年多前，她还在当卡奴，花了两年时间，才把积欠的三十万卡债还完。

"如果不是经过理财专家提醒，我还不知道信用卡的循环利息那么高，还完债后，我轻松多了，可是，我还是存不下钱来，月初领薪水，月底就花完了。奇怪，我已经改掉买名牌的习惯了呀！"

想存钱，是因为想实现梦想。"我是个不婚族，经济上没有什么负担，但我想要存一百万，出国游学。这是我的人生计划，不完成的话我会死不瞑目的。"

仔细检视她的消费品项，没错，都没有花大钱，可是却像口袋有小破洞一样，金钱像沙漏一样地流出去。逛街，两百九、三百九的小饰品买了一堆，都不是大钱，但是频率太高，累积起来数目也不少。

每天一杯星巴克咖啡，一个月加起来也是一笔数目。她说，她可以改喝比较便宜的咖啡，自己泡也行，好歹可以省下三分之二。

看起来最离谱的，是她的电话费账单。一个月的手机账单，竟可以高达万元台币。而她的工作并不需要靠手机来拉业务，她只是一个做内部行政工作的职员。

"为什么你会打这么多电话呢？"

"我害怕寂寞，"她很明白自己的问题所在，"就算搭公交车，或自己一个人要走五分钟路，我都会不自觉地打电话给姐妹淘，不然，我会觉得很孤单很无助。"

这才是症结。在我看来，阻挡女人圆梦的最大绊脚石，都不是金钱，而是害怕寂寞。害怕寂寞者，什么事情都要有人陪，什么观念都要有人认同，梦想的强度永远抵不过她恐惧的梦魇。

她的梦想是出国游学，之所以到三十二岁还没有成行，没有存够钱只是部分理由，最重要的原因在于她害怕寂寞——出国游学总有一段时间会孤独地生活在举目无亲的异乡，要学会一个人独立生活，要靠自己的勇气完成不少手续，是她对孤独的恐惧阻碍了她，所以她才没有积极存钱。

这是一个心理问题，不是理财的问题。就算再习惯寂寞的人，有时也会讨厌寂寞，但如果一直排斥与寂寞共处，想要当一个与众不同的人实在难。

在不景气中当浴火凤凰

　　现阶段的台湾人最担心什么呢？不久前，台北医学院公布了一个报告，在一对一详细的评估和访谈下，发现有百分之六十八的人最担心的事就是失业。总失业率超过百分之五，忧心忡忡的人却超过三分之二。

　　然而值得玩味的是，大部分的人到底用什么方法来减轻压力呢？答案显然缺乏创造性，前两名的回答是：睡觉和看电视，这两个答案都接近百分之四十。事实上，这两者的作用都只是杀时间，只有拖延作用，无助于减轻压力。

不景气是时代问题，每一个行业都受到间接或直接的波及。与其杞人忧天、唉声叹气、以看电视和睡觉来减轻焦虑感，不如寻找一些有建设性的方式。

有一位知名保险公司的总经理说得好："最坏的时候，就是为最好的时候做准备的最佳时候。"情况已经这么糟了，我们非接受不可，但与其愁眉苦脸，不如反省一下：低潮点或许也有它的正面意义，让我们反省生命中是否有些在我们走上坡时，被忽略的重要元素？

你曾怨叹自己的工作不合兴趣，失业的你正可以使你被迫面对自己的兴趣，反正你已经没什么好损失了。在生意忙碌或股票高涨时，你必然无法与家庭其他成员沟通分享，现在正是你可以弥补的时机。

如果你本来就是个懂得未雨绸缪的人，平日一定有些积蓄。你从前常常羡慕人家可以浪迹天涯，现在你也可以。或许老天爷就是要让你完成除了赚钱之外的其他梦想。

你也可以有多一点时间善待一下被你耗损过度的身体，好好上健身房。你长期抱怨的腰酸背痛，也该有时间做复健了。

检视一下你常挂在口头的话:"如果我退休,我就可以⋯⋯""如果我赚够了钱,我就要⋯⋯""如果我有时间,我就要⋯⋯"现在就是将梦想逐步实现的时机,你不必再找借口拖延了。

你不必像从前一样,因为大家都说要投资理财,你就跟着亏了一大笔,还被倒了好多会⋯⋯你可以把钱花来让自己快乐。

年轻人也不再认为,到处有"钱多事少离家近"的工作在等着自己,大家变得非努力不可,这也是正面意义。

以上并非风凉话。如果家庭没有迫切的金钱危机,不景气反而会帮助大家回归人生的基本面,看清楚自己要的是什么。

我也发现,在往上坡走时,就会过日子的人,在偶尔走下坡的时候,也能心安理得地过生活;在发达时不会过生活的人,在衰敝时也很难学会过生活——在不景气时学会当浴火凤凰,才不会愧待真实生命。

找寻，最美的自己

一个习惯性的、总想要出外走一走的旅行者，到底想要从旅行中得到些什么呢？

在广播节目里，我曾访问一位行经二十多个国家的年轻背包客。他的经历给我很好的启示。

当背包客很辛苦，但"一切靠自己"的旅行方式，就算是"历劫归来"，也有丰厚的成就感。虽然，他有很好的工作，收入也不薄，但他一直执着于"背着家当去旅行"的快乐。

"因为喜欢旅行，所以不管在任何状况下，我总是活得兴致勃勃。"他说。

在金融风暴袭卷全球后，各行各业都受到了波及。

"无薪假"休得上班族惶恐不已。当公司宣布正式员工也得轮着放无薪假时，同事们的心情惶恐不已，他倒是挺开心的。心想，正好！正好可以奔赴向往的国度。

他背着背包到了新西兰，两个月间，从北到南，靠搭便车的方式旅行。一路搭顺风车一路玩。

经济衰退得很猛，但回升的力道也不弱。两个月过后，无薪假结束了，他又回到工作岗位。

"我庆幸自己喜欢旅行，所以，我对任何形式的假期都无比欢迎。"他不会因为忽然失去工作、等待着经济复苏而焦虑不已，反而觉得自己赚到了一小段愉快的人生经历。

背包客的经验也使他在"省俭"中发现了生活的美感，明白拥有太多，反而会变成肩上的负担。

他懂得和各种风俗文化的人打交道，用他的诚恳结交朋友，并且随遇而安地适应环境，并应付突如其来的各种状况。

一个旅行者会学会不一样的人生态度：享受孤独也享受朋友。不害怕未知，善用时间。弹性地转换人生态度。理性地解决天上掉下来的问题……

这就是旅行的现实意义。

一个人旅行

我一直相信，不曾独自离家生活过的人，不容易长大。

大部分的人总是从一个集体生活投身到另一个，比如住校、结婚、从军……总要服从许多规律，倾听许多声音。

只有在一个人旅行时，才听得到自己的声音。

某种声音会在你离开所谓正常轨道后才出现，让你在奇特的一瞬间发现，啊，原来这才是我的真正声音。

它会告诉你，这世界比你想象中宽阔，你的人生不会没有出口。

你会发现自己有一双翅膀，不必经过任何人的同意就能飞。

集体生活再怎么舒适，你也无法忘怀曾经单飞时的畅快。

在年轻时候就不敢单飞的人，一辈子都会缺乏独自振翼的勇气。

据我的观察，不少成功的创业者都曾有过单飞的孤寂时光。

不少目前事业有成的朋友，回忆起昔日年轻时，提着一只公文包，开着一辆破车，拜访陌生人、参展、被拒绝、被冷落、被放鸽子……从美东开到美西餐风露宿的经过，眼神里都焕发着光彩。或许不是愉快的旅行，心里也有许多的不得已，但那样的冒险为他们的人生深植沃土，成为他日后突破万难的能量。

我大半是个俗人，我相信，而且喜欢强调旅行的正面功能。

当然，因为旅行，我也没有因为久入红尘而失去那一小半的浪漫基因。

我喜欢漂泊也喜欢异乡的风景，对每一个没去过的国家或岛屿都心存幻想。

即使在身上吊着点滴、发着烧，无法克服肉体痛苦的时候，过去种种的旅行经验就会像小叮当的一扇时空门。

朦胧间，我到了巴黎塞纳—马恩省河畔，春光大好，一边啃着小甜点，一边向河上搭苍蝇船的游客挥手打招呼。

恍惚间，又到了安第斯山脉，搭火车，头倚着窗，沿着红赭色浊浪滔滔的安第斯河前进……

那些千年古城，那些寂寞城楼，纸醉金迷的喧哗世界与下着冷雨的阴暗街头，都是使生命发热的光和火……

旅行的记忆有时如醇酒，使我得以暂时脱离痛苦现实。

人生的责任总是日益沉重，不是想要走开就能走开的。但无论如何，每一次"说走就走"的潇洒仍然使我难忘，梦想的火未熄，仍在我心。

旅行中的每一个惊喜，都是我平凡人生中的奇迹。

走吧走吧

一个不怕单独旅行，并且经常想要旅行的人，都是因为听到了某种召唤。

那个声音，不时挑逗心中的渴望，说：走吧走吧，在远方，有一种宝物在等候你撷取，将它放进记忆的盒子里。

虽然这样的宝物总是虚拟的，但它千变万化的身形十分诱人。好像传说中的莱茵河中的女妖，发出让水手们如痴如醉的声音，除非你努力地捂住耳朵，才能够抵挡那不时飘过来的魅惑。

一个旅行者，一旦第一次主动踏出他的脚步，到了一个陌生的地方，从他的脸庞不由自主地绽放出第一朵微笑开始，就说明他已经迷上了旅行。

他会一直追求着想象中的美丽新世界。

即使旅行的经验是用疲惫与积蓄换来的，他也不曾遗憾。即使想象中的美丽新世界落后贫穷、让他充满惊恐，与他的想象大相径庭，他也明白，不愉快的考验也是另一种宝石，在往后的回忆中，它仍然美得出奇。

多想无益，就——走吧！

当你还在追寻可能

　　我站在智利最南端的国土，遥望着火地岛的时候，收到你的短信："虽然，你们都说，我跟他之间并不可能，可是我还是很喜欢他，我该怎么办？"

　　在这样的地方，放眼望去，只有海洋和远方的陆地，跨越海洋，就是南极。一块几无人烟的无垠大陆。我忽然有一种独立苍茫的感觉。这里只有孤独，嗅不到爱情的气息，我竟然还收得到你对爱情的犹豫。

　　我该怎么回答你呢？

你总是喜欢在不可能中追寻可能，对于爱情。

他的身边已经没有空位了，这是我们都明白的事情。他说，他只想当朋友而已。对一个温柔敦厚的男人来说，这是多么明白恳切的拒绝啊。冰雪聪明如你，怎么会听不出来？

在工作上干练如你，对人情世故了若指掌的你，竟然不能意会？

这一阵子，我知道，你一直为着"有没有可能"在伤神。听不出来，是因为，不愿意听出来。

爱情如瘟疫。在爱的狂热中，女人似乎都有一种本事。不愿听出来那弦外之音：不管那个声音多么清楚，如果那不是我们渴望的答案，我们就不愿意听。

容我翻一下旧账吧。不是很久以前，我们另外一位朋友，正为着她不可能的恋情伤神。她所喜欢的他，分明不会爱女人。

你大笑，斩钉截铁地说："那不会有结果的。你不会战胜上帝、战胜基因。尽管每一次挑战，你都可以战胜自己。"

好勇敢果决地说出自己想说的话，不管那些话别人爱不爱听。

在面对"别人的感情"时，我们显得如此的理性。要人家"断爱近涅槃"。可是，在面对自己的困扰时，如此的昏昧不明。

这是女人的特殊本事。哦，不，也许凡人大都如此。只要在爱中。我该怎么回答你呢。不想扫你的兴。其实，要一个不爱你的人爱你，比要一个天生不可能爱女人的人爱你更麻烦，挫折感也更令人难消受。

如果他天生不爱女人，那么，败给上帝有何可耻？如果他不爱你，你会知道，自己败给另外一个女人。

那个竞争者跟你一样是有血有肉的实体。就算你相信，你的条件比她强，你还是输了。爱情从来不是比条件的。它不是拳击场，打赢的人就是冠军。

自尊心好刚烈的你，绝对不会想输，却不愿放弃百分之九十九会输的那盘棋。

我好想理性地回答你："别闹了，小姐。让我们回归正途，请多接一些工作，让自己忙个半死。这样，你就可以脱离一切颠倒梦想，脱离丘比特那个可恶的顽童乱射的箭。"

因为不可能、不可能、不可能！

可是，我的手指犹豫了。当一个人跳脱了生活轨道，置身在一个确实很像天涯海角的地方时，想法也许会猛猛地转了个弯。

我觉得，我忽然变得浪漫起来了。因为我的下一个目的地，就是南极。旅程绝不轻松，像冒险、不像游玩，一路上转机转车转船，昏头转向，放眼望去，荒凉的景象像洪水一样淹没美丽的想象。我不是个爱抱怨行程的旅人，可是有时也难免在心里嘀嘀咕咕："天哪，怎么会到这种鸟不生蛋的地方呢？何苦来哉？是谁告诉你，一辈子一定要来一次南极的？"

可是，尽管辛苦，每一趟旅程，在事后看来，都是一趟宿命之旅，仿佛是注定好的，我就是要以"莫须有"的理由来实现一个可能会碎裂的美梦。

在这儿，我离现实很远，我的心变得不那么实际，也不那么冷酷。我开始想，在可能与不可能之间，到底有多远的距离？

在不可能中追寻可能

我想到一个不可能的任务。一直铭刻在我心里的南极探险故事。斯科特的故事。

斯科特，一个英雄，或许也是一个傻子。一个热爱蛮荒的英国绅士。

他远征过南极三次。二十世纪初，第一次世界大战前，为了想象中的国家荣誉，冒险家们争着在南极点插上自己国家的国旗。极点很冷，夏天也能有零下五十度的低温，举头四望，都是北方，这遥远的南方除了风，只有雪。当时的人类足迹已踏遍了五大洲，除了南极。在人们心中，到南极点是一件"不可能"的事情。

知其不可而为之，向来是英雄们的爱好。这一点，在蝇头小利间追逐、小鼻子小眼睛的我们很难了解，做这种不可能的事到底有何乐趣？

他果真在第三次远征到了南极点，世上离人最远的空旷之地，也和伙伴们葬身在回程途中。虽然达成使命，却不算成功，因为挪威探险家阿蒙森比他先到了，那儿已经有了别人的国旗。

他和他的伙伴都是英雄。回程时，一位双脚受冻伤所苦的同伴，深知他们粮食不足，独自走出帐篷外，把自己送给了南极冰原，把食物留给朋友。从此没有人看过他的身影。

在离安全返航点十七公里的地方，斯科特和支撑到最后的伙伴们被困在帐篷中等待死亡。逐渐失去生存希望的期间，他还写了十二封信，给远方的亲人、朋友和他所爱的祖国。连生命的句点都带着激越的诗意。

失败又何妨？那是他要的人生路啊。斯科特的故事始终感动我，像一首波澜壮阔的交响曲。

不是个通俗曲调，并非寻常旋律。所有的英雄故事，都是不可能的故事。因为不可能，所以像黑夜天空中唯一的一颗星，光灿耀目。

爱情也是一种冒险

他的故事，和你的故事并非全然无关。我想，现代情场上的冒险英雄，和那个时代的探险家，或许有共通之处。你们都想化不可能为可能。

现代英雄失去了气势磅礴的时代背景，只能在小情小爱中大探险。你也算是个冒险家吧，看在别人眼里，只觉得你没意义地在为难自己。

也许你费尽心血后，还是落败，但那也是你的选择，饱藏着可歌可泣的可能。那是你想在生命中谱出的交响曲，我为什么要继续说：不可能？

同一件事，可能与不可能的距离，在我心中很远，在你心中可能很近。对我来说是相隔天涯海角，对你来说，也许近在咫尺。我其实羡慕你不怕跌也不怕碎的勇气。

类似的勇气，也还在我身体的某个地方燃烧着。我还一直做着别人觉得没什么意义的梦，还追寻着许多可能。

只是不能像你一样壮烈地投掷在爱情上而已。

一个人还想做别人觉得不可能的事情，表示她还有期盼，还不是槁木死灰，还有许多天真，梦想之火仍未熄。

我为什么要泼你冷水，说你这样为爱挣扎没有意义？我为什么要庸俗地计较功过得失？

我回复你：我站在地球的尽头，我的想法变得浪漫，想告诉你：当你听到召唤的声音，想爱就去爱吧。反正你承受得起。

只要承受得起。当傻子又怎么样？没有结果又怎么样？

我想起辛波丝卡的诗：我宁可想象，自己已暂时死去，也不愿继续活着，却什么也不记得……

我们只是想要在生命中记得什么吧。

我们用如下清单来记住自己的生命：各种形式的爱、大大小小的不可能、所有尝试的冒险、着急渴望的一切……

只是想要记住，我曾经如此活过，用属于我自己的方式。

一辈子一次的机会

> 生命是趟旅行，如果你面对生命的可能性，它就能带
>
> 你走向你从未梦想过的地方，让你发现梦想之外的东西。
>
> ——理财大师博德·雪佛

在偶然的机会里，我碰到高中同学怡筠。聊了几句后，她问我："喂，你想去南极吗？"

想啊，我说，我已经读过许多有关南极的冒险故事与摄影专辑，对于那一块冰封大地的壮阔心向往之，但始终没有付诸行动，因为我

知道，那一趟旅行，不会过得太舒服。你得穿得像只企鹅，又得飞行超过三十小时，才能搭上破冰船，破冰船船位有限，且价格比豪华邮轮还贵，当然没有豪华邮轮舒服，还有，一定需要二十天以上的时间。所以南极被我列为"这几年内只向往而不行动"的旅游行程。

怡筠听完我的分析后，只是笑了笑说："行程不会太舒服，我知道，但你有没有想过，once in our life？一辈子还是要去一次？"

这个"一辈子一次"的说法，那一瞬间让我的心猛然震动了一下。多么简单、多么有魄力的说辞！

怡筠向来是个行动派，在大学当教授的她，一向单枪匹马行遍世界千山万水，让我这个自视为"勇气十足、说走就走"的旅行者也甘拜下风。

无论她想做什么事，都清楚明白自己要什么，行动上也毫不犹豫，是我看过最洒脱的人。

"Once in our lite——好有说服力的旅行理由！"我说。

一辈子一次，也是挺管用的自勉辞，一辈子只念一次高中、大学、研究所，所以得好好努力，念自己想念的学校；失败时也可以告诉自己，一辈子好歹有一次尝尝落难滋味，免得不知人间疾苦！

我们总会在望着目标时还在为一些小事犹豫，但总得告诉自己，如果这真是我的人生梦想之一，那么，还是勇敢踏出去，好歹要试一次！好歹让这个梦想和我的人生历程有交集，而不是失之交臂，扼腕叹息；少啰唆，勇敢地经历这么一次吧！

这是一种"活在当下"的态度。如果把人生看成旅行，谁不希望尽兴而去、尽兴而返呢？

写给三十岁的自己

嗨，那个时候，你以为，你已经很老了。

小时候你立志要活到三十六岁，因为，差不多就在这个年纪，徐志摩和拜伦都已经蒙主恩召，他们留在世人心目中的样子永远皱纹全无，留下来的诗篇也仍充满青春的激情，就算是在痛苦里，仍然有着强而有力的生命悸动。

别以为你已经很老了

那个时候，你以为自己很老了。女人在跨越三十大关时都是彷徨的，虽然有男朋友，但好像离婚姻的门坎还很遥远。你有一点世故，明白婚不可随便结，但也有一点着急，怕自己变成了明日黄花，转眼之间就要凋零。

工作上也是。虽然有稳定的工作，但也担心着是否一辈子在一个可能不会太有前途的岗位上，孜孜不倦直到老死。或者应该走入家庭？还是找一个更具有挑战性的担当？没有人能给你答案，因为芸芸众生中最了解你的，只有你自己。

我要告诉你的是，其实你那时候还很年轻，才刚刚奋力脱去了懵懂的外壳，正待要成蝶。在此之前，你有的是一腔热血的冲动，脑袋是用来读书上课用，还没有适应真正的生活。

在许多的犹豫中，你做对了一件事情，那就是勇敢地上路，不要徘徊在许多假设性的框框里。那是一个人生的大关卡，你做了一个正确的选择，那就是：尝试，再尝试，不害怕所有的新鲜事。

一定要勇敢尝试

我曾经读过一句话，很有意思。有一位杰出的父亲告诉他的女儿说：你一定要勇敢地尝试，即使过了很多年以后，发现自己又回到了原地，也不要在乎。

没有人曾经这么告诉过你，你的父母也只要你做一个每个月有固定薪水、老了之后有退休金的常人，但是你的血液里不知道从什么时候起，一直有一种不服输的冒险家因子在里头不时跳跃着，驱动着你的灵魂及行动——你在三十岁那年，决定要开拓自己的人生视野。

三十岁之后，你开始习惯独自旅行，足迹遍及文明的城市，以及不太容易找得到同胞的角落，你曾经开车穿越了英国和新西兰，也曾经拜访北非、中东和巴黎，你喜欢不一样的风俗民情，也开始懂得享受星光下一个人的寂寞。

你发誓每年要学一样新东西。其实，三十岁才开始的事情，不管你能够做得多好，都只能是业余爱好了。但是不计较结果的学习本身就是一种令人喜悦的成长。这些年来，你学过了油画、陶艺、摄影，拿到了潜水证照，跳了几年的弗朗明哥舞，又多拿了一个硕士学位……为什么要学这些东西呢？很多人问过你，你不知道，然而却乐在其中，你相信，学习本身就是一种犒赏。

人生是由一连串意外组成的，今日种瓜种豆，哪一年能得瓜或得豆，都是神秘而诱人的未知。

你开始转行。这一年你跨入了电视圈，很奇妙的机缘。你从小未曾立志出现在电视上，也从没想过自己有一天会拍那么多广告片。那个时候大家都说，你不会做得太好的，那个圈子和作者的形象不符，你不会适应。其实，刚开始你还真的不太适应，但是实力的累积都要靠磨练。只要不怕，你就可以。

从那一天起，你没有离开过电视圈。这的确是一种很深的缘分。有时候，重复性太高的工作让你有些不耐烦，可是每一次灯光亮起时，你又乐在其中。

你学会告诉自己，就算是作曲家，也可能有某一天厌烦于那些像豆芽菜的音符；就算是作家，总有一阵子会对自己写的东西倒胃口。如果那是一个你不讨厌的工作，它必然有正面与负面效应，有你喜欢的人和不喜欢的人，所有的挑战，你都得接受。

你会对自己说："只要不怕，你就可以。"

还有"可以战败，不要未战先降。"从三十岁起，你用这句话勉励自己，至今仍然常常对自己这么说。

如果可以重来

岁月是永远不能重来的。虽然，很多人喜欢问我"如果可以重来，你要做什么"的问题。

如果可以重来，我想我还是会选择不怕，永远忠于自己的选择。就算是选错了，跌得头破血流，也要学会站起来。

如果可以重来，我会多交一些志同道合的朋友，并且懂得关心他们，和他们一起欢笑或哭泣，一起为共同的理想奋战。有朋友肝胆相照，真是最美妙的事。在真正的朋友眼中，你会看见自己的价值。

如果可以重来，我会明白，大部分惹我烦忧的事，其实都没有发生。大部分的痛苦都会过去，不要因为一两句话就被刺伤，不要因为一两件悲惨的事就否定人生或质疑人性。

如果可以重来，我会好好地管理自己的钱财，不会把看账目视为烦人的事——这是三十岁的你最大的弱点。其实，账目和理财很简单也很有趣，可惜过了十年，你尝到了许多教训才学会。那时候告诉你这些，你会觉得讲到这里好像有点"现实"，因为你是个文艺青年，虽然不至于不食人间烟火，但一看到数字，不知是不是自视清高还是不人耐烦的缘故，总是头皮发麻。十年后你才了解，金钱管理和时间管理其实有异曲同工之妙，那都是现代人管理自己最重要的功课。你不需锱铢必较，但要理性地做各种决策，能够有自信心地控制金钱流量、决定投资。这是一件很有趣的事情，而且会让你无后顾之忧。

你还很年轻，别怕

三十岁时，你做的最正确的一件事，就是尽量不要在不快乐中浪费生命，那是人生的转机。

时间的流逝永远比你想象中要快，人生不管活得有没有意义，必然是殊途同归。也许我们尽力充实地活了一辈子，也不能真正得到什么，至少你明白，勇气与坚持让你不会后悔。

写给三十岁的你，也写给每一个自以为跨进了人生的大关卡、还在十字路口上张望的三十岁的朋友。

是的，你还很年轻，别怕。往前走，往你想走的那条路走，别怕。

又，你虽然还很年轻，但是对完成梦想而言，你确实已经快接近一道心理上的障碍之门，如果现在你不敢走，以后你就永远没有胆量走了。

相信你自己，并且为自己打气，别怕！

图书在版编目（CIP）数据

遇见·做一个明媚的女子 / 吴淡如著 . —北京：国际文
化出版公司，2014.11
ISBN 978-7-5125-0745-6

Ⅰ. ① 遇… Ⅱ. ① 吴… Ⅲ. ① 散文集－中国－当代
Ⅳ . ① I267

中国版本图书馆 CIP 数据核字（2014）第 266828 号

《遇见·做一个明媚的女子》经作者吴淡如授权国际
文化出版公司在中国大陆地区独家出版发行。
著作权登记号　图字：01-2014-7902 号

遇见·做一个明媚的女子

作　　者	吴淡如
责任编辑	戴　婕
统筹监制	葛宏峰　李　莉
策划编辑	李　莉
特约编辑	许　可
美术编辑	秦　宇
出版发行	国际文化出版公司
经　　销	国文润华文化传媒（北京）有限责任公司
印　　刷	三河市华晨印务有限公司
开　　本	880 毫米 ×1230 毫米　　　32 开
	8 印张　　　　　　　　　　150 千字
版　　次	2015 年 3 月第 1 版
	2015 年 3 月第 1 次印刷
书　　号	ISBN 978-7-5125-0745-6
定　　价	29.80 元

国际文化出版公司
北京朝阳区东土城路乙 9 号　　邮编：100013
总编室：（010）64271551　　传真：（010）64271578
销售热线：（010）64271187
传真：（010）64271187-800
E-mail：icpc@95777.sina.net
http://www.sinoread.com